ベリーズ文庫

転生令嬢は小食王子のお食事係

甘沢林檎

STARTS
スターツ出版株式会社

目次

転生令嬢は小食王子のお食事係

一、はじまりはタケノコの天ぷら……8
二、ご挨拶はフィナンシェと共に……58
三　試し焼きのキッシュ……100
四、再会のカルツォーネ……147
五、変化のオニオングラタンスープ……178
六、次に続くブランデーケーキ……218
あとがき……226

クールな小食王子
レオナール・
ロン・クレディローシェ
クレディローシェ国の第二王子。飄々とした性格で何を考えてるかわからない。金髪碧眼の超美男子だが小食なのが王妃の悩み。料理係としてやってきたアイリーンを愛妾と間違え門前払いするが、次第に胃袋を掴まれていき…!?
食いしん坊な転生女官
アイリーン・
フリートウッド
日本人だった前世の記憶を持つ十六歳の女の子。伯爵家の令嬢で、現在は理想の旦那様を探すため王宮で女官として働いている。超食いしん坊でお城の厨房を密かに使っては日本のおいしい料理作りに勤しんでいたが、それが王妃にバレてしまい、レオナールの料理係に任命される。

転生令嬢は小食王子のお食事係

Tenseireijyowa
Syousyokuoojino
Osyokujigakari

Character introduction

息子思いの王妃

ジュリアンナ王妃

レオナールの母。息子であるレオナールと甥のメルヴィン王子のことを心配している。アイリーンが厨房を使っていることを知り、料理の腕を見込んで息子の料理係に任命する。

レオナールの異母兄弟

メルヴィン王子

クレディローシェ国の第一王子で、銀髪青眼のイケメン。まだ22歳だが体が弱い。母親はジュリアンナの姉で、元々体が弱く亡くなっている。レオナールとは異母兄弟。

カタブツ侍従長

ノーマン

レオナールが暮らす王子宮の侍従長。ほとんど使われていない厨房や掃除の行き届いていない部屋をそのままにしていることからアイリーンは彼に対して不信感でいっぱい。

お茶目なキッチンメイド

エマ

キッチンメイドで、アイリーンの料理作りを支えてくれる存在。突飛な行動ばかりとるアイリーンに驚かされながらも、作った料理を誰よりも楽しみに食べてくれる。

アイリーンの側仕え

マリオン

アイリーンが王宮に上がるときに、実家から一緒についてきてくれた側仕え。遠縁の子爵令嬢だが、妾腹ということで小さい頃から苦労してきた。よく気がつき、一番の理解者。

王子宮唯一の味方

テオ

レオナールが暮らす王子宮で庭師として働く青年。アイリーンが作る料理が大好き。王子宮でよそ者扱いされて行き場がなかったアイリーンの良き理解者で、弟のような存在。

Ringo Amasawa Presents

転生令嬢は小食王子のお食事係

一、はじまりはタケノコの天ぷら

「アイリーン様、頼まれていたものを手に入れましたよ！」

厨房で働くメイドがこっそりと耳打ちしてくる。

「まあ！　それはそれは……！」

私はにんまりと含み笑いを浮かべた。これであれができると思うとつい顔がにやけてしまう。

「ついにですね、アイリーン様！」

「ええ……！　では決行は本日ということでよろしいかしら？」

「かしこまりました！　こちらは準備を万全に整えておきますね」

ふたりで頷き合うと、何事もなかったかのようにその場を離れた。

それから数時間後――。

「はあ……おいしくできましたね……！」

「やっぱりこの時季といえばタケノコよね！　天ぷらにして正解だったわ」

外は薄づきにした衣《ころも》でサクサクに、中はジューシーでありながら独特のコリっとした歯ごたえを生かした食感に仕上げたタケノコの天ぷらは抜群のおいしさだった。

キッチンメイドのエマが手に入れたものは、春になると出回ってくるタケノコだ。

彼女の実家には竹林があるらしく、そこで毎年採れると言う。時間が経つとアク抜きが必要になるが、新鮮なものであればそのまま食べられる。

今朝採れたてを持ってきてくれたため、生のまま天ぷらにしてみたが、これが格別な味わいだったのだ。

そもそもこの館《やかた》にいる限りタケノコを材料とすることが少ない。野草と同じような扱いらしいタケノコは、見た目も味も調理法も高貴な身分の人が食べるにはあまりふさわしくないようなのだ。

また収穫して時間が経つとアク抜きをしなければえぐみが強くなっていく。その手間がかかるということもあるようだった。

私、アイリーン・フリートウッド。現在十六歳。

見た目は派手ではないが、母親譲りの栗色の髪の毛は気に入っている。顔立ちは可もなく不可もなくといったところだが、蒼い瞳は我ながらなかなかきれいだと思う。

そんな私がいるのは王妃宮。クレディローシェ国の王宮にある王妃が住む館だ。

十六歳になった数ヶ月前に王妃付きの女官として王妃の側に召し上げられ、行儀見習いとして王妃に仕えている。

女官とはいえ、下働きの領域である厨房に出入りするのは、本来ならば外聞《がいぶん》が悪い。しかし、私は食べることが大好きだ。貴族向けの格式張った高貴な食事も悪くはないが、食材の味を存分に楽しむ素朴なものや、カロリーや糖分が度外視のジャンクなものなど、気持ちの思うままに料理を楽しみたいのだ！

こういう考えをするのは、私がちょっとだけ特殊だからだ。

——私は、かつてこの世界とは違う別な世界で生きた記憶がある。

その中でも、日本という多種多様な料理が食べられる国に生まれ育った。なぜ死んでしまったのかは分からないけれど、まるで映画を見ているように思い出す記憶の中に出てくる自分はそんなに年を取っていないので、早世《そうせい》だったんだろうなと思う。

物語を見ているような前世の記憶。

でも、なぜか鮮明に覚えているのが、食べ物ことだ。

おそらくこれが舌の記憶というものなのだろう。アイリーンとして生まれてこの方、食べたことのないはずの料理の味を私の舌はしっかりと覚えていたのだ。

前世は結構な食いしん坊だったようなのだ。

おかげで今世もれなく食いしん坊だ！

幸いにして、伯爵家という裕福な家系に生まれたので、食べ物には困らなかった。

でも、比べるのがいろんな料理に溢れた素晴らしき元の世界。

日本の料理の味だけは鮮明に覚えている私には、この世界の食事は物足りなかった。

――ないならもう作るしかない！

前世はプロの料理人ではなかったものの、ひと通りの家庭料理は作れていたから、やればできないこともないだろう。

そう思い、ある程度物心ついた年齢になった私は自分で作ろうと試みた。

しかし、そこで立ちはだかったのが〝伯爵令嬢〟という身分だ。

貴族の料理は、料理専門の使用人が作るのがこの世界の常識。何しろ料理をするのは重労働だ。

私がかつて生きていた世界のように、スイッチひとつで火がついたり、蛇口を捻ればおいしい水が出たりすることはまずない。

薪《まき》をくべて火をおこす必要があるし、水は汲んでおく必要がある。それができて、はじめて料理が作れる。

服も汚れるし、手も荒れる。そんな作業を貴族の令嬢がするのは外聞が悪かった。

でもおいしい料理のために諦めるわけにはいかなかった。

お茶の淹《い》れ方から器用なところをアピールしつつ、料理にも興味があることを伝えていく。ちょっとした料理のアドバイスをしながら、地道に根回しを続けること数年。

料理人の信用と協力を得た上で、両親から許可を勝ち取り、十三歳にしてやっと自由に厨房を使う権利を得たのだ。


そうして、今度は王妃宮だ。

行儀見習いと将来の結婚相手を探すため、王妃宮に上がったのはいいが実家で好きに料理をできていた私にはかなり窮屈な生活だった。

もちろん王妃宮の料理はおいしい。でも、それ以外にも食べたいものがある。

私は実家のときと同じように、厨房の下働きやメイドと徐々に仲良くなって、ちょっと料理をするくらいであれば厨房を使わせてもらえるように動いた。

料理人とはたいがい食いしん坊なので、おいしい料理の話には飛びついてくれる。

文字通りそれを餌に交渉を重ね、私は料理のアイデアと引き換えに厨房を使わせてもらえる権利をひと月前に勝ち取ったのだった。

「ほう、うまそうなもの食ってんじゃねえか」

「ひゃっ！　りょ、料理長……！」

エマが口に頬張っていたタケノコの天ぷらを慌てて飲み込むと、後ろから聞こえてきた声に振り返った。

「ほう、今日はフライか？」

「いいえ、天ぷらという料理ですよ。フライとは衣がちょっと違うんです」

焦るエマを他所《よそ》に私はにっこりと笑って答えた。

「へえ」

私の言葉に興味を惹かれたのか、料理長がエマのお皿にまだ残っていた天ぷらをひょいと摘んで口に入れた。エマから惜しむような「ああー！」という声が聞こえたけれど、料理長はしれっとした顔で咀嚼《そしゃく》する。

「お、これはうまいな」

「タケノコが新鮮ですからね」

「このままでもいいが、ちょっと物足りないな」

「天ぷらはお塩をちょっとふりかけて食べるととてもおいしいと思いますよ」

「そりゃあいい。どれ、ちょっと待ってろ」

そう言って料理長は厨房の奥の方から何かを持ってきた。

「これをつけてみたらどうだ？」

「まあ、いいんですか⁉」

料理長が持ってきたのは岩塩。隣国産の高級なものだ。

「なあに、このくらいなら問題ないさ」

そう言うと、料理長は粒状に砕かれた岩塩をミルに入れて粉末にする。ミルは胡《こ》椒《しょう》でよく使うペッパーミルだ。

さらさらの粉状になったものを、料理長は小皿に入れて私に差し出す。

「ありがとうございます」

私は小皿にのった岩塩をひと摘まみすると、まだ残っている天ぷらにふりかける。

そしてひと口頬張った。

「ああ、おいしい……！」

そのまま食べてもおいしかったが、わずかな塩気が加わることで、タケノコの風味がより際《きわ》立って感じる。

ぱらっとお塩をふっただけのほん少しの違いで、こんなに味わいが違う。

「どれどれ……おお！　うめぇな！」

塩を提供してくれた料理長もさっそく試している。

自分の分を取られたエマは「私の天ぷら……」と嘆きながらも、お塩をつけた天ぷらを味わっていた。

「本当だ！　お塩だけでそんなに違うのかって思いましたが、侮《あなど》っちゃいけませんね！」

ひと口食べたエマは、驚きに目を大きくさせながら興奮気味に言った。

「あの、アイリーン様」

お塩をつけた天ぷらをひとつ食べ終えてからエマが恐る恐る問いかけてくる。

「ん？」

「このレシピ、うちの実家にも教えたらダメですかね……？」

天ぷらに使ったタケノコはエマの実家から提供されたもの。彼女の実家は竹を育てて加工する家業を営んでいるらしい。

だから毎年今の時季は、タケノコがタダで手に入るのだ。農家ではないエマの実家で採れる貴重な食料だから、おいしく食べられたらとても良いと思う。

私は笑顔で頷いた。

「もちろんいいですよ！　たくさん油が必要にはなりますけど、作り方自体はそう難しくないですから是非教えてあげてください」

私の言葉にエマは嬉しそうに目を輝かせる。

「ありがとうございます、アイリーン様！　さっそく教えますね！」

「ええ、おいしい料理はみんなで食べたほうがいいですからね！」

そもそもタケノコの天ぷらは、材料のタケノコがないとできないしね。でもタケノコに限らず天ぷらはいろいろな食材でできるから、是非作ってもらいたいな！

そんなことを考えていると、料理長がエマに絡み出した。

「なんだ、エマ。材料もっとあるならもっと揚げようぜ！　今なら俺が作ってやる」

「え、いいんですか！　料理長‼」

「おう、ほら材料よこしな」

「はい！」

エマが食べようと思っていた分は料理長に取られてしまったので、食べ足りないのだろう。料理長も横取りして多少悪いなと思ったのかもしれない。

正直私も、せっかくならもう少し食べたいなと思っていたし、料理長が天ぷらを覚えてくれたら他にも活かしてもらえそうだという打算がある。

天ぷらを極めるには奥が深いが、衣の作り方自体はシンプル。

きっと料理長ならば彼なりに工夫して、普段の料理にも取り入れてくれるはずだ。

この厨房に顔を出すようになって、王妃宮の料理のレベルが上がった気がする。急に料理が様変わりするのは異常に思われるので、徐々にではあるし、王妃宮の料理――ひいては王妃様にお出しする料理を作るのは私ではなく料理長だ。あまりに変わった料理を突然お出しするのは驚かせてしまう。

でも王妃様のメニューより少しランクが落ちているものの、ほぼ同じ内容の献立を食べている私には違いはとてもよく分かった。

先輩の女官たちも最近出される料理がおいしくなったと言っていて、それを聞いた私は心の中でよし！　と思ったものだ。

はじめはどうなるかと思ったが、王妃宮でもおいしい料理が食べられて私は満足だ！

このときは、まさかこの厨房にお邪魔していたことがきっかけであんなことになるとは思いもしなかったのだ――。

＊　＊　＊

今日も時間が空いた隙に、私は厨房にやってきた。

エマとお菓子を作る約束をしていたのである。何を作るかは決めてなかったので、頭の中では作りたいお菓子を考えながらウキウキとした気分で、地階にある厨房を目指していた。

「お待たせしました、エマ――」

私は厨房に足を踏み入れながら、中にいるエマを呼ぼうとした。しかし、そこにいたのはエマだけじゃなかった。

「ご機嫌よう、アイリーン」

にっこりとした顔でこちらへ振り返ったのは、美しい貴婦人。

「おおお、王妃様……⁉」

そう、それは私が現在遣えている主人・ジュリアンナ王妃だった。

「なぜ王妃様が厨房に……⁉」

「あら、それはこちらの台詞《セリフ》でしてよ？」

たしかに王妃様が使用人の領域である厨房にいるのもおかしいが、女官の私もここにいるのはおかしい。

そもそも王妃宮に限らず、貴族が住んでいる建物は使用人と主人が使う部屋が明確に分けられている。

そのうちでも地階は完全に使用人の領域だ。地階に入るには使用人専用の通用口を通らなければならないし、それは貴族が使う部屋がある表側には分からないようになっている。

何度も来ている私はともかく、王妃様もそこを通ってやってきたのだろう。でないとここまで来られない。

王妃様はこの宮の主人なので、当然屋敷の構造は理解しているはずだ。

それよりもなぜ王妃様がここにいるかが重要だ。

悪いことをしているわけじゃないが、使用人の領域である厨房に出入りしているのは貴族令嬢としては少々外聞が悪い私としては、王妃様がここにいる状況はとてもマズかった。

何しろ私がこの王妃宮にいるのは、結婚相手を見つけるためだ。王妃様が相手を直接斡旋するわけじゃないが、王妃様の繋がりで知り合う相手になる。

そのため、相手のことは王妃様の耳に入るだろうし、間接的に私の情報や噂は相手に流れる。

だから、使用人に交ざって料理をしていることが王妃様にバレたら、安穏とした結婚生活を望んでいる私としては大きな痛手だった。

どうしよう……！　シラを切るか、それとも……。

私がどう切り抜けるか頭を悩ませていると「そう怯えないでちょうだい」と王妃様が呟いた。

「あなたが厨房に出入りしていることはだいぶ前から知ってましたよ。ここの主人はわたくしです。使用人から報告があって然《しか》るべきでしょう」

「……」

こっそりバレないようにやれていると思っていたのは私だけだったらしい。王妃様の後ろにいる料理長がすっと視線を逸らしたので、彼が報告していたようだ。

たしかによく考えたら、使用人とはいえ、王妃様の口に入る料理を作っているのだ。女官とはいえ、新参ものが厨房にやってきて、あまつさえ料理に口も手も出しはじめたら警戒するだろう。

立場としては貴族で女官の私の方が上だけど、だからといって好き勝手にされたら困るだろう。彼らは自分の仕事をしなければならないし、邪魔をされてそれが果たせなければ叱責され信頼を失う。

王妃宮という、この国の中でも貴《とうと》い人に遣えているというプライドもあるだろう。

私のアドバイスを聞くようになったり、料理をしてもいいという許可をくれるようになるには当然時間がかかった。その間におそらく私のことも報告されてたんじゃないかな……。

のんきに料理をしていた自分が恥ずかしくなってくる。

――というか、これってもしかして女官をクビになるんじゃ……。

そんな考えが浮かんできて、私はハッとする。

「……王妃様、もしかして暇《いとま》を出されるんじゃ……」

女官をやめさせられるなんて、とても大きな汚点になる。結婚してやめる場合は違うが、そうじゃなければ大きな失敗をしたということだからだ。

そんなことになったら結婚相手探しは困難になる。

どうしよう……！

私は混乱していた。

「暇を出すかどうかは、これから決めます」

王妃様の言葉にドキリとする。これから決めるということは、残れるかもしれないし、やめないといけないかもしれない。

ハラハラする気持ちに胸を手で押さえていると、王妃はふっと微笑んで口を開いた。

「聞くところによると、これからお菓子を作るのでしょう？　わたくしのお茶の時間にそれを持ってきなさいな。食べてから決めましょう」

王妃様の言葉に私はぽかんとする。

「私が作るお菓子を、ですか？」

「ええ、そうです。それを食べてから決めます」

そう言うと王妃様は私の横を通り抜け、厨房から出ていく。ふわりと薫る花の香りが鼻を掠めていった。


「アイリーン様！」

王妃がいなくなると、エマが駆け寄ってくる。

「こ、こここれはどういうことなんですかね⁉」

私以上にエマはパニックになっているらしい。そのおかげか私は少し冷静になってくる。

「……王妃様にお菓子を作って持っていかなきゃってことのようです……」

「それは今日ですか⁉」

「おそらくは」

「そ、それは時間がないですね……！」

「ハッ！　そうですよね！　お茶の時間にって言ってたので本当に時間がないです！」

エマの言葉に私はハッとする。お茶の時間まではおよそ二時間。それまでにお菓子を作りあげなければならない。

「え、何を作ろう……」

何のお菓子を作るかはエマを相談して決めようと思っていたから、具体的に何を作るかは決まっていなかった。

二時間でできるお菓子。

生地を寝かせる必要があるものは間に合わないし、冷やして固める時間が必要なものもダメだ。

「この厨房にあるものなら好きに使っていいぞ」

頭を悩ませる私に見かねて料理長がそう言ってくれる。さすがに私の進退がかかっているからか寛大だ。

厨房にあるものなら好きに使っていいとしても、ないものを使うことはできない。

そのため、特殊な型が必要なお菓子は作れない。

型が不要で、生地を寝かせる必要がなく、固める必要もない二時間以内で作れるお菓子。

私は前世の記憶を全部思い出すくらい、お菓子の記憶を懸命に掘り返した。

考えながら、チラリと視界にフライパンが入った。

「あ！　クレープならすぐに作れそう！」

生地は寝かせる必要はないし、薄い生地はすぐに焼ける。どうせなら、クレープをたくさん焼いてミルクレープにしてもいいかもしれない。

「くれーぷ？　それはどういうお菓子ですか？」

聞いたことのないお菓子の名前にエマが食いついてくる。

「エマ、お願い！　手伝ってくれる？」

「もちろんです！　私もその、くれーぷというものを食べてみたいですし！」

食いしん坊のエマはクレープが気になって仕方ないらしい。私としてはクレープをどれだけ食べてもいいから、協力して欲しい！という気持ちだ。

「じゃあ、時間もないし、さっそく作ろう！」

エマに必要な材料を集めてもらう。

クレープ生地の材料は、小麦粉、砂糖、牛乳、卵だ。お菓子としてはとてもシンプルな材料だ。

厨房には全部揃っていたので、さっそく作り始める。

ボウルに小麦粉を篩《ふる》い入れ、そこに砂糖を加える。ざっと混ぜたら、溶き卵を加えて滑らかになるまで混ぜる。次に牛乳を何回かに分けて加え、その都度混ぜていく。

本当はここで生地を休ませたほうがいいんだけど、今回は時間がないからこのまま進める。

続いては焼いていくのだが、ここからはエマの協力が欠かせない。

「エマ、コンロを使いたいんだけど大丈夫？」

「はい！　準備は整ってますよ！」

エマがコンロの前で生き生きとした様子で言った。

こちらの世界のコンロは薪を使う。形状的には大きな薪ストーブのような感じで、金属製の箱形の側面にいくつも扉がついている。その下の段に薪をくべ、熱せられた天板に鍋やフライパンを載せて使うのだ。

ちなみに側面の扉のひとつはオーブンにもなっているので、お菓子作りには欠かせない。

見るとすでにコンロの中には薪がくべられ、天板は熱せられた状態らしい。

私はフライパンを天板に載せると、温まるまで待つ。コンロの天板は載せる位置によって火加減を調節することができる。

今フライパンを載せているのは中火の位置だ。

十分にフライパンが温まったら、油を敷き、一度コンロから下ろし、生地をお玉半分くらい流し込む。フライパンを傾けたまま、一周回すとフライパンいっぱいに生地が薄く広がった。

その状態でコンロに戻す。

薄いクレープ生地は一瞬で焼き上がる。表面の色が変わったらひっくり返すタイミングだ。

端にフライ返しを少し差し込み生地を持ち上げたら、そこを両手で摘まむ。

私の作業を見ていたエマから「ええ⁉」という驚いた声が上がるが、私は気にせず両手で掴んだ生地をひっくり返した。

返された生地の表面にはうっすらと焼き目がついている。とてもいい感じだ。

裏面も三十秒ほど焼いたら、まず一枚目の生地が完成だ。

大きなお皿にフライパンを返して生地を取り出すと、次を焼いていく。ミルクレープを作るためには、ひとつのミルクレープあたり最低でも十枚は生地が必要だ。

「もしかしてこの生地をたくさん作るんですか？　これがクレープになるお菓子です

か？」

「この生地を一枚使ったお菓子がクレープなんです。でもこれから作るのはミルクレープと言って、この生地を何枚も重ねて作るケーキです。そうだ、エマ！　手が空いてるのでしたら、生クリームを泡立ててくれないかしら？」

クレープにしてもミルクレープにしても、生クリームが必要だ。電動のハンドミキサーなんて便利なものはないので、生クリームを泡立てるのは人力だ。時間もかかるので、大変だけど私が生地を焼いている間にエマにその作業をしてもらいたいのだ。

「……あれ、大変ですよね」

何度かしたことがあるエマは少しげんなりした顔で呟く。

「そこを何とかお願いできないかしら……」

「……アイリーン様のためですからね！　がんばりますよ！」

仕方ないなぁ、と言わんばかりにエマが笑う。クレープが食べたいという打算が満載だとしても、ひとりで作るよりも作業が分担できてとても助かる。

コンロの薪の状態はまだ大丈夫なので、しばらくは生クリームの泡立てをがんばってもらう。その間に私はせっせとクレープ生地の量産に励んだ。

私はクレープ生地に。エマは生クリームの泡立てに。それぞれヘトヘトになりながらも、どうにか生地と生クリームができあがった。

「ここからは成型していくだけですね」

王妃様のお茶の時間のお菓子とはいえ、食べるのはおそらく王妃様だけじゃないだろう。基本的に料理は、王妃様から女官、その次はメイドなどの使用人、と下げ渡されていくシステムだ。

王妃様が食べる前には毒味役が食べる必要があるし、そうなったら一ホールだけでは確実に足りない。

最低でも最低二ホールは必要なはずだ。

クレープ生地は焼けるだけ焼いたので、足りなくなることはないだろう。

時間もないことだし、作業を続ける。

大きなお皿に生地を一枚載せる。そこにエマが泡立ててくれた生クリームを適量載せたら、厚みが均一になるように伸ばす。

その上に新しいクレープ生地を重ねると、またその上に生クリームを伸ばしていく。

これを生地十枚分繰り返すのだ。

「すごい！　ケーキって聞いて、どうやって作るのかと思ってたんですけど、層になったケーキなんですね！」

「そうなの！　薄い生地を何枚も重ねているから、結構食べ応えあるんですよ」

「うわ～！　食べるのが楽しみです！」

まずひとつできあがったミルクレープを見つめながら、エマが期待に目を輝かせる。

王妃様に召し上がっていただく分をひとまず置いておくと、私だって食べるのがとても楽しみなのだ。

でもそうも言ってられない。私は完成したひとつ目のミルクレープを氷室《ひむろ》にしまうと、ふたつ目に取りかかる。

実は料理長は特に手も口も出さないでいるが、私が作る様子を興味深そうに眺めている。ミルクレープは材料も作り方も割と単純なので、料理長くらいの料理の腕があれば簡単に再現できると思う。

私の好きにさせてくれているけど、こうして私が料理するところを見ていろいろなヒントを得ているんだろうな。

ただ、私のことを王妃様に報告しているのは確実に料理長なんでしょうけど‼

厨房を使える許可をくれたことはありがたいと思ったし、その見返りとしていろいろな料理のアドバイスはしてきたつもりだ。だから、それに報いるために黙ってくれてても良かったんじゃないかという気持ちはある。

まあ、料理長の立場としては、雇い主に報告しないっていう選択肢はなかったんでしょうけど……。

そうは分かっていても、個人的な感情としては多少恨みたくなるものだ。

そんなことを考えながら手を動かしているうちにふたつ目のミルクレープもできあがった。

あとはこれも氷室に入れて、お茶の時間まで冷やしておく。

「これで完成ですか?」

「一応は。でも見栄え的にもう少し工夫したいところですね」

私は指を顎に当てて考える。お砂糖をさらにすりつぶし、粉状にしたものをふりかけてもいいが、それだけではシンプルすぎる。

フルーツを添えてもいいけれど、それじゃあ味気ない。

「そうだわ、ジャムを添えてお好みで味を変えてもらえるようにしましょう」

私が思いついた考えを述べると、それを聞いていた料理長が貯蔵庫から何かを持ってきてくれた。

「これ使いな」

どん、と調理台の上に置かれたのは、瓶詰めになった赤いジャム。

「まあ、これはイチゴのジャムじゃないですか！」

「なんだ、俺もまあ多少は思うところがあるからな。これまでいろいろと料理につい
て助言をもらったし、このくらいは手伝わせてくれや」

「料理長……」

料理長が毎年作り置きしているイチゴのジャムは絶品だ。イチゴが好きな王妃様の
ために、イチゴの時季じゃなくてもその味が楽しめるようにと毎年大量に保存してい
るのだという。

それをわざわざ提供してくれるなんて百人力だ。

ただ、それによって私の中の小さな対抗心にメラリと火がついた。

「時間はないですが、せっかくなのでもうひとつジャムを作りましょう」

「え！　いまからですか⁉」

私の言葉にエマがギョッとする。

「料理長のイチゴジャムだけで十分なんじゃ……」

「お好みで味を変えてもらうにしてもジャムが一種類しかないなら選択肢がないじゃ
ないですか。せめてもうひとつくらいジャムがあってもいいと思いませんか？」

「そう言われたらそうですけど……」

「時間もないことだし、取りかかりますよ！」

そう言うなり、私は食品庫に向かう。後ろからエマが「アイリーン様、必要なものがあれば私が持ってきますよ！」と追ってくるが、私はそれを「いいですから」と断って、自らの足で食品庫に足を踏み入れる。

そこは小部屋になっていて、むき出しの壁には質素な木製の棚が配置されている。根菜などは木箱に入れられ、床から積み上げられており、天井からは乾燥させているハーブなどが吊り下げられていた。

野菜や肉をはじめ、ハーブやスパイスまでいろいろな食材がここに保管されている。私は部屋の中をぐるりと見回すと、目当ての果物を見つけた。

「これがいいですね！」

私は棚に置いてあったそれを手に取る。

「え……？　アイリーン様、ジャムを作るんですよね……？」

「そうよ。このオレンジでジャムを作るの」

私が作ろうと思っていたのは、マーマレードジャムだ。こちらの世界では、オレンジなどの柑橘類はそのまま食べるか、果汁を搾ってジュースにするのが一般的だ。

そのため、それ以外に加工をして使うことはあまりない。

だからエマは驚いたらしい。

私はオレンジを三個ほど取ると、厨房に戻った。

エマからやや懐疑的な目を向けられながら、私はマーマレードジャム作りに取りかかる。

まずはオレンジを水でよく洗う。こちらの農産物は農薬を使っていないので、安全だけれど、よく洗うことによって汚れはもちろんオレンジの皮がもつ苦味も多少は落とすことができる。

ただ、洗うだけでは本当に分からないくらいの苦味しか落ちないので、まずその処理からだ。

まな板と包丁を用意すると、オレンジの皮を削ぐようにして皮を剥いていく。できるだけ皮は薄く取り、中の白いワタの部分をつけないようにする。

マーマレードジャムはほろ苦い味も特徴だけれど、好みは人による。

王妃様はマーマレードジャムを食べるのははじめてだと思うので、食べやすいように今回は苦味控えめに作ろうと思っている。

この白いワタの部分に特に苦味があるので、なるべく取り除いていきたいところだ。

薄い三センチ幅くらいに剥いたオレンジの皮をさらに千切りにする。

それを鍋に入れると、その上に皮がひたひたになるくらいの水を注ぎコンロに運んだ。

すると、作業を見守っていたエマが「あの〜」とおずおず話しかけてくる。

「もしかしてその皮も使うんですか？　ははは、まさかですよね？」

「え、使いますけど？」

「ええー！　だって、皮ですよ⁉」

「うん、皮ですね。オレンジのマーマレードジャムには皮が大事なんです！　まあ、見ててください」

私はエマにお願いして、コンロの火加減を調節してもらう。クレープを作ったときから時間が経って、コンロの中の薪も少なくなっているので、足してもらった。

コンロの強火のところに鍋を置く。このまま沸騰するまで待つ間に、オレンジの果肉のほうを処理する。

先程皮を剥いたオレンジを半分に切ると、中の果肉をスプーンで扱《しご》くように取り出す。

果肉は潰れてしまっても大丈夫。ただ、タネや筋は除いておく。

「アイリーン様、沸騰してきましたよー！」

皮を入れた鍋を見てくれていたエマが私を呼ぶ。

「はーい」

完全に沸騰したら、中火の場所に慎重に鍋を移動させ、そのまましばらく茹でる。

五分ほどしたら、一度ザルに皮を取り出した。

そしたら、その皮をまた鍋に戻し、再びひたひたになるまで水を注ぐ。

「え？　今茹でましたよね……？」

エマが戸惑いも露わに呟く。私は小さく笑って答えた。

「もう一度茹でるんですよ」

「それは何のためにですか？」

「皮の苦味を取るためですね。それに皮を先に茹でておくと、後ほど果肉と一緒に煮る時点で、ある程度柔らかくなっているので時短にもなります」

「なるほど」

私の説明にエマは納得した様子で頷く。しかも、エマの後ろでは料理長も話を聞いていたらしく、彼も「へ～」と呟いていた。

もう一度、皮を入れた鍋を沸騰させ、さらに茹でること五分。またザルに取り出したら、今度は水にさらして粗熱を取る。

そして、しっかり水を切った上で、絞ってから取り出しておいた果肉と合わせ重さを量る。

ジャムを作るにはお砂糖が欠かせない。分量は、使う食材に対してその半分の重さだ。

砂糖の重さが決まったら、鍋に果肉、皮、砂糖を入れ、弱火にかける。

「あとはアクを取りつつ、煮詰めていくだけですね」

「じゃあ、保存の瓶は俺が用意してやるよ」

私の言葉を聞いて、これまで見守っていた料理長が申し出る。

「それは助かります！」

王妃様に出してもおそらくマーマレードジャムは余る。ジャムはそれほど一度に大量には使わないからだ。

できあがりの熱いうちに、煮沸《しゃふつ》した瓶に詰めて密封しておけばある程度保存も利くため、料理長はその瓶を用意してくれるらしい。

私が使っているコンロのふたつ隣に、料理長は水を張った鍋を用意する。沸騰するのを待つ間に、彼は小ぶりな空の瓶を倉庫からいくつか持ってきた。

王妃様のためにイチゴジャムを毎年作り置きしているから、ジャムの保存には慣れているのだろう。

手慣れた様子で煮沸消毒していく。さすがである。

一方私は焦げないように時折かき混ぜながら、ひたすらマーマレードを煮詰めていく。

「ふあ～いい匂い～」

エマがうっとりとした様子で鼻から空気を吸っている。

厨房にはオレンジのさっぱりとしつつも甘い香りが広がっている。煮詰めることによって、その香りは濃厚になっている。

「このくらいでいいかな？」

混ぜていた木べらで掬《すく》い上げると、煮込む前はさらっとしていた果汁にとろみがついている。鍋の中の嵩《かさ》も半分くらいになり、オレンジの色合いも濃くなっていた。

「瓶は準備できてるぜ」

「ありがとうございます」

料理長は保存用の瓶の煮沸消毒を済ませてくれていた。

ジャムがまだ熱いうちに詰めて脱気する必要があるので、王妃様にお出しする分と、他の人たちの試食分を除いたあまり分はテキパキと瓶に詰めていく。

小瓶ふたつ分ほどになったその瓶の蓋をしっかり閉めると、逆さにしてそのまま冷ます。これは密封性を上げて、保存状態を良くするためにする。

「さて、オレンジのジャムとはどんなもんか味見しないとな！」

私が瓶に詰め終えるのを待っていたかのように、料理長が言った。彼の手には味見用のスプーンが握られている。

そして、それはエマの手にもあった。

「……あくまで味見ですからね？」

食べる気まんまんのふたりに釘を刺してから、ジャムを入れた器を差し出す。すると、ふたりは目を輝かせながら、スプーンでジャムをひと口分ずつ掬った。

パクりとそれを咥《くわ》えるふたりを眺めながら、私もせっかくだから味見をする。

口に入れると、まだジャムは温かい。それでも瓶詰めをしている間に粗熱は取れているので、やけどするほどではない。

温かいからか、より甘みが強く感じる。それでもオレンジの皮のほのかな苦味がいいアクセントになっている。

イチゴジャムの甘酸っぱい味とは違う、少し大人なジャムだ。

「へ～！　いいな、オレンジジャム。甘いだけじゃないから食べやすいな」

「オレンジの皮ってこんな感じなんですね……！　はじめて食べました！」

料理長とエマの反応はなかなか良さそうだ。特に料理長は気に入ってくれたらしい。

もしかしたら男性には甘酸っぱいイチゴジャムより酸味と苦味が多少あるオレンジマーマレードのほうが好きかもしれない。

「オレンジのジャムは料理に使ってもいいんですよ。隠し味にもいいし、照りを出すにもとても重宝します」

マーマレードジャムは、以外と料理にも使える。特に肉料理にはぴったりで、お肉を柔らかくする上にコクを出し、ソースに照りを与えてくれる。

イチゴジャムでもできなくはないが、マーマレードのほうが味が馴染みやすい気がする。

「それはいいこと聞いたな！　……味をもっと確かめるために、どれ、もうひと口……」

料理長はそう言って、スプーンを再びマーマレードジャムに伸ばす。

「ダメですよ！　王妃様にお出しする分がなくなっちゃいます！　――って、ああ‼」

そうだった！　王妃様のお茶の時間‼

残るところあと三十分ほどだ。

「こうしてる暇はないんでした！　早く準備をしないと王妃様のお茶の時間になってしまいます‼」

ゆっくりマーマレード談義をしている時間の余裕はなかった。

私は慌てて、冷やしているミルクレープを持ってくる。できあがったホールのままなので、まずはこれを切り分けなければならない。

ケーキを綺麗に切るために必要なのは、お湯と良く切れるナイフ。

まずはお湯でナイフを温め、水気をしっかり拭う。そして、ナイフを滑らせるように切り分ける。

ナイフを入れる度にお湯でナイフを温めつつ、ナイフについたクリームをしっかり拭《ぬぐ》う。こうすることで綺麗な断面に切ることができるのだ。

お皿に取り分けるのは、実際に給仕するときにするので、カットしたホールのままで大丈夫。ジャムもひとつの器に盛りつけておいて、王妃様の要望によってお好みの量を添えるようにする。

お茶はお部屋に用意があるから大丈夫だし……。

頭の中でお茶に必要なものを想像しながら、確認していく。

そうしているうちに厨房に、王妃様付きのメイドがやってきた。

「お茶の用意をしに参りました」

そう言ってやってきた彼女は、私とも王妃様のところでよく顔を合わせるので知っている。

しかし、彼女はまさか私が厨房にいるなんて思いもしなかったらしい。

「アイリーン様……？」

戸惑ったような眼差しを向ける彼女に私は笑顔で完成したミルクレープを渡す。

「こちらが本日のお菓子です。僭越《せんえつ》ながら私が作りました」

「え……？　アイリーン様が……？」

「王妃様もご存じですので、大丈夫ですよ？　お菓子とこちらのジャムについては私から説明致しますので、そのようにお願いします」

「かしこまりました」

一応納得したようで、メイドはそれよりもまずお茶の準備という自分の仕事を優先することにしたらしい。

王妃様のお茶の時間も迫っているし、私がお菓子を作ったことも王妃様がご存じだということから、そう判断したようだ。

そうでなくとも一応、私のほうが身分が上だからメイドの子は従うしかない。

もちろん身分を笠に着て何かするってわけではないんだけど……。

お互いお茶の時間に向けて動き出す。

お菓子とお茶の準備に関しては、残りはエマと料理長にお任せして、私は身支度を整えなければ。

王妃宮の中にある自分の部屋へと急いで向かう。

「マリオン、いらっしゃいますか？」

部屋に入るなり、私は呼びかける。すると奥の方から人が出てきた。

「アイリーン様、こんな時間にどうしたんです？」

やってきたのは私より、五つ年上の女性だ。彼女はマリオン。私の側仕《そばづか》えである。

青みがかったグレーの髪をいつもきちんと結い上げ、側仕えらしいシンプルなドレスを纏っている。

あまり朗らかな雰囲気ではないが、真面目でいつも親身になってくれるマリオンのことが私は大好きだ。

マリオンは、私が王宮に上がるときに、実家から一緒についてきてくれた。遠縁の子爵《ししゃく》令嬢だけど、妾腹《しょうふく》ということで小さい頃から苦労していて、それを見かねてお母様が私の側仕えにしたのだった。

料理がしたい私をいつも応援してくれるのがマリオンだった。伯爵家の令嬢としての外聞がなるべく悪くならないようにいろいろと助言をくれて、さらに根回しもしてくれる。

本当なら、実家でのんびり料理をしていたいと思っていた私が、将来の結婚相手を捜すために王宮に来たのは、マリオンのためでもあった。

本人には言ってないけれど、私がいいお相手と結婚をすれば、マリオンの経歴にも箔《はく》がつく。

マリオンは生家であまりいい思いをしなかったようだけど、せめて自分の家庭では幸せになってもらいたいと思ったのだ。

現在マリオンは、王妃宮で私の周りのお世話をしてくれている。基本的に、私が与えられた部屋にいて、生活に必要なものの手配や服や小物の管理をしたり、身支度を手伝ったりするのが彼女の仕事だ。

そのため、王妃様の前に出るために身支度を手伝ってもらおうと思い、私は部屋に戻ってきたわけだ。

「マリオン、これから王妃様のお茶の時間だから、急いで身なりを整えたいの」

「その格好は、もしかしてアイリーン様はお料理をしてたのですか？」

「そうなの。だから念のためおかしいところがないか見てくれる？」

料理をするときの私は、服が汚れないようにエプロンをして、さらに袖をまとめている。

何しろ今私が着ているのは、前世で着ているような動きやすい服ではなく、袖も裾も布地がたっぷり使われたもの。これで料理をしたら、汚れるし、引っかかるし、最悪の場合は引火する。

だから、エプロンの着用と、袖をまとめるのは必須で、コンロの火の取り扱いはエマにやってもらっている。

王妃様は、今日私がお菓子を作ったことを知っているが、だからといってそのままの格好では前に出られない。

エプロンを外し、袖もいつものように直したけれど、おかしなところがないかマリオンに改めてチェックしてもらいたかったのだ。

「お茶の時間がもうすぐですよね？　そうしますとお召し替えする時間はなさそうですわね」

マリオンは真剣な顔をして、私の身体を頭からつま先まで眺めると、テキパキと動き出す。

まとめていたことで少しシワができている袖を直し、背中を編み上げているリボンを整える。

さらに編み込みをハーフアップにしている髪も櫛《くし》で整えていく。

最後にミルクレープを作ったときに、粉が飛んでいたらしい頬を拭いてくれた。

「こちらでよろしいかと思いますわ」

私の身体の周りをひと回りしたマリオンはそう言って頷いた。

「ありがとうございます、マリオン！」

マリオンのお墨つきをもらったら間違いはない。私はお礼もそこそこに急いで部屋を出た。


王妃様は、お茶の時間をいつも決まったお茶会室で過ごされる。

そこに私のような女官たちが集合するのだ。

そもそも女官というのは、メイドや侍女とは違い、下働きではない。

仕事としては、王妃様の側に遣えて、公務にご一緒したり、王妃様だけでは手が回らないパーティーやお茶会のホスト役を手伝ったりするのが主だ。

王妃様はすでに王子を産まれているからもう関係はないが、ご成婚されたばかりの王妃様や王女様の場合は、既婚の貴族女性が閨《ねや》の作法を指導することもあるんだそうだ。

そういったことをするため、女官は貴族の子女でなければなることができない。

現在の私は、王妃様の公務に同行し、お手伝いすることが主な仕事。その前段階として、先輩の女官の方々とお茶をご一緒して礼儀作法をしっかり学んだり、必要な情報を覚えたりする毎日なのである。

ただ、今日のお茶の時間は特別だ。

何しろこっそり料理をしていたのがバレていたと発覚し、さらに私の力量を試すようにお菓子を作るように言われたのだ。

王妃様とご一緒するときはいつも緊張するが、今日の緊張はいつもの比じゃない。

お茶会室が近づくにつれ、私の心臓はだんだん音量を増していっている。

お部屋の前につくと、開け放ったドアの前でメイドが待機していた。

「アイリーン様、こちらへどうぞ」

メイドに案内されてお茶会室に入ると、数名の女官がすでに席に着いていた。

「ごきげんよう、皆様」

緊張した様子を見せないように笑顔で先輩の女官たちに挨拶をすると、皆様優美な笑顔で挨拶を返してくれる。

メイドに椅子を引かれ座ると、すでに隣の席に座っていた女官が話しかけてくる。

「アイリーン様、本日はいらっしゃるのが遅かったのですね」

「ええ、少し身支度に手間取ってしまいまして……」

私がそう返したのは、私よりふたつ年上のオリアーナ様だ。彼女はすでに婚約が決まっており、あと数ヶ月で王宮から辞すことになっていた。

歳が近いということもあり、私が王妃宮に入ってからはいろいろと教えてくれるいい先輩だ。

「本日は少し変わったお菓子が出されるようですわ」

オリアーナ様の言葉に私はギクッとする。どうやってその情報を知ったのかは分からないが、オリアーナ様には私が料理をしていることは話していない。

生粋《きっすい》の貴族令嬢であるオリアーナ様に料理をしていることを知られて、白い目を向けられることが怖かったのだ。

「そ、そうなんですね……」

私はそう言ってどうにか笑みを作る。

とはいえ、外聞が悪いと言われようとも、おいしいものを前にした私には料理を諦めるという選択肢はなかった。だからもし、仲良くしてくれたオリアーナ様に失望されたらそれは甘んじて受けよう……。

心の中で最悪の想像をしつつ、私は王妃様がいらっしゃるのを大人しく待った。

やがて長年最側近を務められている女官を伴って、王妃様がお茶会室にいらっしゃった。

待っていた女官たちは優雅に立ち上がり、王妃様を出迎える。

「皆様、ごきげんよう」

王妃様の言葉に女官たちが答える。

にこりと笑みを浮かべる王妃様は一人ひとりのお顔を確かめるように、女官たちに視線を向ける。

そして、私と目が合ったとき、一段と笑みを深めた。

緊張の極みだった私の心臓がさらにドクンと跳ねる。

一瞬の交わりはすぐに解け、王妃様は席に座った。

いよいよお茶会の開始である。

給仕のメイドによって、お茶が配られていく。

そして、私が作ったミルクレープはひと切れずつお皿に盛りつけられ、さらに小さな器に入れられた二種類のジャムが添えられていた。

ミルクレープが目の前に置かれると、女官たちはそれを見るなり「はじめて見るお菓子ですわね」と色めきだった。

賑やかになる部屋の空気。

その中で、王妃様が私の方に視線を向けてから、口を開いた。

「皆様、本日のお菓子はアイリーンがご用意してくださいましたのよ」

王妃様の言葉に女官たちの目が一斉に私に向けられる。

「まあ、アイリーン様が？」

「あらあら、はじめてのことではなくって？」

……とても微笑ましい感じで見られているけれど、違うんです。

王妃様が「ご用意」と言ったのが、私が作ったという意味ではなくどこかから手配したと受け取られている。

なので女官の中で一番新米で年下の私が、お茶のために他の女官たちも知らないようなお菓子を手配したと思われているため、微笑ましい眼差しを向けられているのだ。

「アイリーン、よろしければご紹介頂いてもよろしいかしら？」

「……はい、王妃様」

あくまで私が作ったとはまだ言わないらしい。なので、私も今はそのつもりで説明をはじめた。

「このお菓子はミルクレープというケーキです。薄い生地をクリームと重ね、層にしているのが特徴です。そのまま召し上がられてもよろしいですが、ジャムを添えるのもおすすめです。用意したジャムはふたつ。赤いほうはイチゴのジャムです。もうひとつはオレンジを使ったジャムでございます。お好みでお試しください」

私が説明を終えると、女官たちは華やいだ声を上げた。

「まあ、オレンジのジャムははじめて正味致しますわ」

「このケーキも層ごとにクリームが重ねられているのはとても贅沢ですわね」

女官たちが見た目をまず楽しんでいる間に、私は先にひと口食べる。

用意した者がまず毒味を兼ねて食べるのがお茶会のルールだからだ。

ミルクレープの三角の先端をフォークで切り分ける。クリームによってしっとりした生地は柔らかく、一方でクリームは成型したときよりしっかりと冷え固まっているため、フォークで難なく切れる。

まずは何もつけずにそのまま味わう。

プレーンなクレープ生地とクリームのため、とてもシンプルな味だ。しかし、いつもスポンジ生地を使うケーキを食べている女官の方々にとっては、新鮮に感じるだろうと思う。

ジャムも試してみる。

ふた口目を切り分けると、そこにオレンジマーマレードのジャムをスプーンで掬い、添える。

ジャムとミルクレープを一緒にフォークで掬い、口へ運ぶと先程とは違う味わいが広がった。

柑橘特有の爽やかな酸味と甘み。そこにややほろ苦い風味が加わり、甘いミルクレープの味わいにアクセントを加えてくれている。

即席でオレンジマーマレードのジャムを作ったけれど、甘さもちょうどよく、いい出来だ。完成したときにも味見はしたが、こうしてミルクレープと一緒に食べてみると、作って正解だったと思う。

私が食べたのを待って、他の女官や王妃様も食べ始めた。

「まあ、普段のケーキとは食感が違いますね」

「クリームがたっぷり入っているのでおいしいですわ」

ミルクレープに関してはとても好評のようだ。特にクリームを好む女官には受けが良い。

一方、オレンジマーマレードのジャムに関しては好みが分かれそうだ。

「本当にオレンジのお味がしますわ」

「少し苦い感じがするかしら？」

「あら、このほろ苦い感じは嫌いじゃないですわよ」

はじめてなので食べ慣れないということもあるのだろう。

口に合わない人は、無理に食べることはない。ジャムはもう一種類、食べ慣れたイチゴジャムがあるので、それをミルクレープに合わせたらいい。

ミルクレープにイチゴソースは定番中の定番なので合わないはずがないのだ。

現に、王妃様も一度オレンジマーマレードのジャムを試すと、その後でご自身の好物であるイチゴのジャムを合わせている。

食べる様子を窺うと、とてもおいしそうに食べているので、私はホッと胸を撫で下ろした。

私が作ったのではなく、用意しただけだと思われながらお茶は進む。

お茶は交流を深める場でもあるけれど、情報交換の場でもある。王妃宮ではこのお茶の時間がとても重要だ。

王妃様の女官たちはそれぞれ貴族の令嬢だ。それぞれの後ろには、親兄弟、一族、領地がある。

そこからもたらされる情報を王妃様に提供し、さらに王妃様からの情報をもらうというやりとりがある。

それは噂話程度のものから、国を動かす重大なものまで様々だ。

女だからと政治と何も関わりがないと思われたら大間違い。むしろ裏で男性たちを上手く誘導するのが良い貴族女性なのである。

今日も一見穏やかなおしゃべりに見えて、いろいろな情報が飛び交う中、ある女官が王妃様に言った。

「そういえばレオナール王子は軍でますますご活躍のようですわね」

その言葉に王妃様は微笑みを浮かべ答えた。

「ええ、昔から活発な子でしたから軍の空気が合っているようです」

レオナール王子は王妃様のご子息で、この国の第二王子だ。

私の三つ年上だったはずだ。

両親に連れられていった王宮の晩餐会で何度かお見かけしたことはあるが、直接の交流はなかった。

王妃様によく似た金色の髪と碧の瞳で、とてもイケメンらしい。実力主義の軍でも活躍していることから、市民貴族問わず、女性の間で人気が高いと聞く。

今でこそこうして王妃様の女官をしているものの、王族なんて雲の上の存在だと思っていたから、特に自分から王子に関わることはしてこなかった。

王子様と結婚！なんて夢も特になかったし。

たまに料理を作らせてくれる穏やかで優しい人との、安定した結婚が私の夢なのだ。

だから私はレオナール王子の話で盛り上がる女官たちの話を流すように聞いていた。

まさかそんな私を見ながら王妃様が意味深に笑んでいたなんて知る由《よし》もなかった——。

＊＊＊

結果的に私が王妃宮の厨房に出入りしていることはお咎めなしだった。

「アイリーン様、良かったですねー！」

私からの報告を聞いてエマが喜んでくれる。

「本当、王妃様がいらっしゃったときはどうなることかと思いました……」

厨房に出入りしていることが原因で、女官をクビになったらどうしようかとドキドキだった。

今思えば、厨房に出入りするというのは何か企んでいると思われても仕方がない。何しろここで作った料理が王妃宮にいる人の口に入るのだ。毒や薬を入れようとしていると思われなくもない。

もちろん王妃様や女官が食べる前には毒味がされるが、疑いはかかる。

宮中は何かしらの陰謀が常に渦巻く場所。

たとえ私が何かしなくても、もし何かあった場合にあらぬ疑いをかけられる、ということだってありえるのだ。

今回は作ったお菓子を気に入ってもらえて、そんなことを考えていないと証明はできた。でも、私も少し学んだ。

令嬢としての外聞だけではなく、王妃様の許可無く厨房を使っていた危険性を身に染みて感じた。

だから……。

「しばらくこちらの厨房に来るのは控えることにします」

「えぇー！」

私の言葉にエマは驚きを露わにした。

驚いたのはどうやらエマだけではなかったらしい。料理長も目を見張ってこちらに寄ってくる。

「そこまで気にすることはないんじゃないのか？」

「いえ、実家ならともかくここは王妃宮ですし……。これまで自由にさせていただいたのが例外だったんですよ」

「まあ、わざわざ厨房にくる変わり者のお嬢様はアイリーン様以外いませんしね」

「こら、エマ！」

「はっ！　失礼しました！」

思わず溢れたエマの言葉を料理長が注意する。

貴族である私が厨房にいると仕事がやりにくいはずなのに、それを受け入れてくれたエマと料理長にはとても感謝している。

身分の違いはあっても料理を通してとても仲良くなれた。

おいしい料理を作ることもそうだが、ふたりとの交流も私はとても楽しかったのだ。

それができなくなるのは寂しい。

同じ王妃宮にいても、貴族と使用人の活動する場所は違う。同じ建物で生活していても会わずに過ごせてしまうのだ。

「でも、寂しいです……。アイリーン様の料理……」

「あら、名残惜《なごり》しいのは私の料理だけなのですか？」

しょんぼりとするエマに、私はクスクスと笑って言った。

「アイリーン様に会えなくなるのも寂しいです！　メイドってだけでつらく当たってくる貴族の人もいるのに、アイリーン様はいつもお優しくて、お料理もいつも味見させてくれて……」

茶化すように言ったのに、エマはそんな気持ちにはならなかったらしい。話ながら目をうるうるさせた。

「エマ……、そんなこと言ったら私も悲しくなってしまいます……」

「アイリーン様、またいらっしゃってくださいね！」

「ええ、またいつか参ります」

私とエマが小さな約束をしているのを料理長は複雑そうな顔をして見守っていた。

二、ご挨拶はフィナンシェと共に

「あー！　お料理したーい！」

厨房に行くのを自粛したはいいが、そうしたらやることがなくなってしまった。

それに、自分が食べたいものを食べられないというのは、なかなかストレスが溜まる。

実家の伯爵家でも、この王妃宮にきても楽しく料理できていたから、余計にその反動が大きい。

それに、エマや料理長に会えないのも寂しい。

王族や貴族が住む館は、使用人は厳密に使う場所が区切られているので、会わないと思わなければ会わないでいられる。

なので私が厨房に行かなくなってからは一度も彼らと会えていないのだ。

「このまま会えないのは寂しいなぁ」

いつか結婚して、私はこの王妃宮を出ていく。

結婚しても女官を続けることはできるけど、現在の王妃様は私よりもずっと年上で、正直昔から務めている女官だけで事足りる。

こうして私のような若い令嬢を女官として召し上げているのは、淑女教育と情報収集のため。

だから、結婚してから無理してまで務める必要性を感じていないはずだ。

それにその場合は、どちらかと言うと現代の王妃様よりも、次代の王妃様のほうに召し上げられる可能性のほうが高い。女官を指名するのは王妃本人の採択によるから、次の王妃様が私を指名するのかは分からないけど、もしも万が一そうなったら、務める宮も変わる。

今の王妃宮で働く使用人である料理長とエマは、そこにはいない。

まあ、次の王妃様の派閥にもよるからあくまで可能性の話ではあるのだけれど……。

ただ今はそんなことより――。

「料理したい～！　好きなもの食べたーい！」

思いのほか、料理ができないことがストレスになっている。それに「あ、今これが食べたい！」と思ったものを料理できないことが地味につらかった。

想像してしまうと口がその味を待機してしまうっていうか……。

舌の記憶というのはとても鮮明で、前世のこととはいえしっかりと覚えている。

だからこそ、食べたいと思った料理を食べられないことがもどかしい。

たしかにこちらの世界では材料や道具がなく作れない料理もある。そういうものは理由があるから諦めもつくけれど、材料も道具も揃っていて、あと料理さえできれば食べられる場合はどうしても未練が残ってしまう。

実家で料理ができる環境を手に入れ、この王妃宮でもそう多くない頻度だが料理ができていたことに甘えていたのかもしれない。

——いっそ貴族令嬢なんかやめて料理人に……。

そんな考えが頭をよぎるけど、慌てて頭を振る。

料理のためだけに貴族であることを捨てるのは愚かすぎる。前世で生きた現代日本ならともかく、この世界の文化水準の中で、私ひとりで生きていくなんて無理だろう。

きっと火ひとつおこせないと思う。

今、私がいる状況はとても恵まれているのだ。

衣食住に困ることなく、何不自由することなく育ち、王妃様付きの女官として働かせてもらっているのにこれ以上望むのは罰当たりだ。

女官になった目的は、淑女教育といい結婚相手を探すためだ。それは家のためでもあり、側仕えのマリオンのためで、そして私自身のためでもある。

料理は好きだし、おいしいものを食べたいとは思うけど、そのために女官である今の立場をなくすわけにはいかない。

ここはぐっと我慢して、いつか結婚したとき、料理をしてもいいという旦那様である可能性にかける。

むしろそのために、心が広そうな旦那様を探したほうが建設的だよね……！

そんなことを考えていると、部屋をノックする音がした。

ぐったりとソファーに沈めていた体勢を正してから、「どうぞ」と答えると入室してきたのはマリオンだった。

「アイリーン様、『刺繍をご一緒しませんか』とお誘いが届いておりますよ」

部屋に入るなりそう話すマリオンによると、先輩の女官さんが刺繍をするので、私も一緒にということらしい。

刺繍は淑女のたしなみである。

貴族女性に必要な教養はいくつかあって、読み書き、計算、そして裁縫だ。

体が丈夫な人ならば乗馬もたしなむ。ただ貴族女性が馬に乗るときは、横向きだ。

ドレスの状態で乗れる専用の鞍《くら》があるのだが、これがまた不安定でなかなか乗りこなすのが難しい。

私もだいぶ上達したが、まだまだ練習中だ。この王妃宮でも遠乗りに行くことがたびたびあるので、気が抜けない。

今日は刺繍ということでほっとする。

乗馬よりもまだ刺繍のほうが得意だからだ。

「参加しますわ」

料理をするほどの気分転換にはならないだろうが、気は紛れる。それに、こういったお付き合いも貴族令嬢には重要だ。

何より、料理をしてもいいと許してくれる旦那様を見つけるには淑女修行も大事なことだ。

さっそくマリオンに裁縫道具を準備してもらい、私はお誘いを受けた女官が待つ部屋へと向かう。

こうして、料理ができない日々は淡々と過ぎていった。

そんな日が続いたある日。

私は緊張しながら、王妃様の私室を訪れていた。

「失礼致します。お呼びをお伺いしましたが……」

「アイリーン、いらっしゃい。こちらにおかけになって」

そう言って、王妃様は自分の向かいの席を示した。

マリオンが引いてくれた椅子に丁寧な動作で座ると、王妃様の側仕えがお茶を入れてくれる。

給仕を待って、側仕えが離れるとまずお茶を飲んでから、王妃様が切り出した。

「本日、あなたをお呼びしたのはね、少し込み入った話とお願いがあったからなの」

カップをソーサーに置きながら言う王妃様の言葉に、私は心の中で身構える。

あれから厨房には行ってないから、特に王妃様から注意されることはしていないはずだし……。

何を言われるのかと頭の中で思い当たることを想像するも、該当することが思い浮かばない。

不安な気持ちが顔に出ていたのか、王妃様がふっと苦笑した。

「そんなお顔をなさらなくても大丈夫よ。……といっても急な呼び出しだから不安に思うのも無理はないわ。本題を言ってしまえば、あなたにお仕事を頼みたいの」

「仕事、ですか？」

私はきょとんとした顔で王妃様の言葉を繰り返す。王妃様の女官としての仕事は、基本的に女官長が振り分けてくれるので、王妃様から直接何かを頼まれることはほとんどない。

それなのに、王妃様が直接仕事を頼みたいというのはどういうことなんだろうか。

「ええ、あなただから頼みたいと思ったの。料理を作れるあなただからこそね」

「え⁉」

料理⁉

王妃様の言葉に私はぎょっとする。驚く私をそのままに王妃様は続ける。

「あれから料理長からいろいろとお話を聞いたのですよ。最近になって少しずつ料理の味がよくなっていると感じていたのはアイリーンのおかげだと彼は言っていました」

「料理長が……！」

「こっそり料理をしていることは令嬢として褒められた行いではありませんが、今回はだからこそお願いしたいと思ったのです」

そこで一度言葉を切ると、王妃様は真剣な目で私を見つめる。

「アイリーン、私の息子の女官になってもらえませんか？」

まさかのお願いに私はただただびっくりした。

「……王妃様のご子息というのは第二王子のレオナール様のことですよね……？　王子殿下に女官というのは……」

男性王族に女官がつくことはあまりない。まったくないわけではないけれど、たいていは侍従で事足りるからだ。

でも女官にというのは何か訳があるのだろうか？

「女官と言っても、もちろん別に身の回りの世話をしろというわけではないです。ただあの子にきちんと食事をとらせてあげてほしいのです」

「食事をとらせるとは……？　王子殿下に何か問題があるんでしょうか……？」

「私も聞いた話ではありますが、どうやら王子宮ではほとんど食事をとっていないらしいのです」

「王子宮でとらないのでしたら、どちらで……？」

「おそらく普段は王国軍の寮でとっているのでしょう。一応、寝るために王妃宮には戻ってきているようですが……」

第二王子は、現在王国軍に関わっている。指揮権まではないものの、代理で指揮できる程度には、権限を与えられているというのは私でも知っていた。

そのため、普段はほとんど王国軍にいて、訓練や演習に参加しているらしい。

王子としての公務もあるので、それはしっかりやっているようだが、それ以外は王国軍に入り浸っているという。

だから、食事に関しては王国軍の寮で済ませているという。

それはそれでいいのでは？　と思うけど、王妃様は違うお考えのようだ。

「あまり食に関して頓着する子ではありませんでしたが、自分の宮で食事をとらないとは……。心配なのですよ」

現在は、一緒に暮らしていないけれど、幼い頃は当然この王妃宮で王子殿下も育った。そのときは近くで様子を見ることができただろうが、今第二王子は自身の宮を持っている。

成人し、王国軍で自分の責務を行っているのに、今更母である王妃様があれこれ口出すのは難しいのだろう。

だから、私を送り込んで第二王子の現状を知り、できることなら改善したいと思っているのかもしれない。

「料理人に問題があるのでしたら、こちらで手配もできますし、それ以外の要因なのであれば力になれるはずなのです。それをアイリーンに見極めてもらいたいと考えておりますの」

王妃様は真剣な面持ちでまっすぐ私を見つめる。

「あの期待していただけるのは嬉しいのですが、どうしてそこまで私を……？」

正直、王宮に上がって数ヶ月の私ができることはそう多くない。もっとベテランの女官さんを派遣したほうが問題解決できそうだと思う。

私の問いに王妃様は、表情を和らげた。

「先程も言いましたが、料理長からいろいろと話を聞いて、その上で、先日、あなたが作ったミルクレープや新しいオレンジのジャムを食べて考えたのです。もしかしたらあなたなら何か変えてくれるかもしれないと。まあ、あとは同年代のあなただからこそ分かり合えることもあるかと思いましてね」

どうやら私が作った料理を食べた上での判断のようだ。

あの時は内緒で料理をしていることが王妃様にバレて、とにかくお叱りを受けないようにとばかり考えていた。だから、こうして厨房に行くのもやめた。

しかし、王妃様はそんな私だからこそ王子宮に行ってほしいという。

ただ、だからといって率先して王子宮に行きたいかと言われたら、現時点での私の気持ちはノーだ。

王妃様には申し訳ないが、王子宮に行くメリットが私にはない。女官というのはそもそも女性王族の側に控えるものだから、王子に女官は必要ないのだ。内向きのことは侍従が、公務などは側近がいるから、基本的に女性の出番はない。

唯一女性が必要な場面といえば、パートナー同伴のパーティーくらいだろう。第二王子はまだ未婚だから、決まった相手がいない。婚約者もまだ決まっていない。

そういった場には、いつも親類の女性とともに参加をしていると聞いている。だから、もし第二王子がそれ以外の女性と参加したとなれば、婚約者候補とみられること間違いなしだ。

可能性の話ではあるが、私がそうなるのは遠慮したい。

王子の結婚相手なんて、世の中の多くの女性の憧れのポジションかもしれないが、私が望んでいるのは違う。もっと普通の男性でいい。

安定と安心、そして料理ができることを私は強く希望しているので、むしろ第二王子の相手なんて面倒だなぁとしか思えないのだ。

だから私は頭を悩ませる。

王妃様になんと返事をしたらいいだろうか……。

「あの、王妃様……」

どうにか断る方向で話を切り出そうとすると、王妃様は「もちろん」と話を続ける。

「なんの対価もなく王妃宮に行ってもらおうとは思っておりません」

王妃様の言葉に、私は返事を一度飲み込む。

「期間は三ヶ月。この間は私ができるサポートはします。その上で、問題解決にあたってください。期間が終わりましたらこれまで通りこの王妃宮での女官として戻ってもらいます。さらに――」

一度、言葉を切った王妃様は、私と目をしっかり合わせる。

「あなたの結婚相手は私が良い条件の殿方を責任もって見つけます。そして、王妃宮の厨房を自由に使える許可を与えましょう。アイリーン、いかがですか？」

いい条件の結婚相手に厨房を使える許可……！

「――やります！」

私が望んでいることを提示され、私は目前ににんじんをぶら下げられた馬のごとく食いついた。

勢いで返事をしてから、私はハッと我に返った。

ついさっきまでどうにか断ろうと考えていたのに、即答してしまった！　答えてしまってから、大丈夫なのかと不安がこみ上げる。

しかし、王妃様は「良かったですわ」と嬉しそうな顔をしている。

今更、やっぱりやめますなんて言える雰囲気ではない。

「では、五日後から王子宮へお願いしますね」

「……かしこまりました」

こうなったら腹をくくるしかない。

「もし必要なものがあればこちらで手配しますからね。現時点で何かありますか？」

王妃様の問いに少しだけ考える。

王子に食事をとらせることを考えると、私も王子宮で料理をしなければならない場面があるかもしれない。

いや、ここはポジティブに考えて、王子宮で思いっきり料理を楽しんだほうがいいのでは……？

とはいえ、私ひとりで料理するのは難しい。薪を運んで、火をおこしてというのは、これまでもキッチンにいる使用人にしてもらっていた。

王子宮の厨房にそれをしてくれる人がいてくれたらいいけれど、むこうの状況が分からない。そもそも第二王子が王子宮で食事をとらないのであれば、厨房が使われているのかどうかも怪しい。

そんな中、私だけでどうこうするのは難易度が高すぎる。だから私は考えた。

「では、王妃宮の厨房にいるキッチンメイドのエマを一緒に連れていきたいのですが、可能でしょうか？」

「エマね。本人の意向もあるから断言はできませんが、そのように手配してみましょう」

「ありがとうございます！」

「急なお願いで申し訳ないけれど、第二王子……レオナールのことをどうぞよろしくお願いいたしますね」

そう言って王妃様は微笑んだ。その表情には息子を心配する母の心境が見て取れた。

「はい」

引き受けたからにはしっかりとやろう。戸惑いを捨て、私ははっきりと返事をした。

「マリオン、お部屋に戻ったら大急ぎで支度しなくてはね」

「そうですね。何しろ五日後からですから、時間があまりありません。迅速に準備を整えなくては」

王妃様とのお茶会を終えて、部屋に戻りながら私はマリオンと小声で話し合う。

お茶に向かうときにはまさかこんなことになるとは想像もしなかった。

できるだけ頑張るつもりではいるが、直接面識のない第二王子の女官になるのはとても不安だ。いくら王妃様が話を通していても、彼女が一緒に行くわけじゃない。行くのは私と側仕えのマリオン。

そして、まだ確定ではないが、キッチンメイドのエマを加えた少人数の異動になる。

マリオンとエマはあくまでサポート役で、王子宮でいろいろと取り仕切るのは私の役目。

王妃様たっての希望で私が行くとしても、王子宮側はそうは思わないかもしれない。上と現場の意見が違うなんて、ざらにあることだ。

それでも頼まれたからには目的を果たさなければ。王妃様の望み通りにはいかないかもしれないけれど、相応の努力は見せるべきだろう。

——そのためには、王子宮の厨房を掌握しなくてはね‼

不安は大きいけれど、思いっきり料理ができるチャンスかもしれない。

何しろ王妃様は、私の料理を気に入って王子宮に行ってほしいと依頼してきたわけだし。ということは、私が料理をしなければはじまらない。

ああ、何作ろうかなぁ……！

ここ最近、料理から離れていたから、作りたい料理が頭の中に次々に浮かんでくる。

そうだ！

王子宮に行く前に手土産を持参するのはどうだろう！

エマとも異動する前に顔を合わせておきたいから、準備の合間に厨房に行こう。

料理のことを考えると、王子宮に行くのも少しわくわくしてくる。

「マリオン。私、頑張りますね！」

私の言葉に、準備のことを考えていたらしいマリオンは顔を上げる。目が合うとマリオンは少しだけ呆れた表情を浮かべた。

「……ほどほどになさってくださいね」

料理が絡むとひたすらまっすぐに取り組む私の性格を知っているからだろう。

これでも我慢しているほうなんだけどね……。

毎回マリオンも付き合わせてしまうから申し訳なく思いつつも、マリオンもおいしいものを食べるのは好きだから今回も巻き込ませてもらうね。

＊　＊　＊

五日後。

朝から王子宮に向かっていた。

王宮の敷地内にあるとはいえ、王妃宮と王子宮は離れた場所にある。

そのため、宮殿の間は馬車での移動だ。私とマリオン、エマの三人とはいえ荷物はそれなりにある。

私がいなければ馬車を使わず、裏口を使っての移動もできただろう。

一応、王妃様からの依頼で動いている身だし、そのあたりは守らなければならない面目《めんぼく》がある。

へりくだってしまっても下に見られてしまうし、そうなると王子宮で立ち回るのが大変になるかもしれない。

傲慢になる必要はないけれど、ある程度の威厳は必要だ。

それに男所帯に女性が三人で行くのだ。王子宮に粗野な人はいないとは思うが、万が一ということもある。

自分の身は自分で守らなければ……。

王子宮までは歩くと半時ほどかかるが、馬車だとあっという間に到着する。

王子宮の正面の馬車止めに停車すると、玄関からふたり、人が出てくるのが見えた。

彼らは馬車に近づいてくると、ノックの後でドアを開ける。

「お待ちしておりました」

そう声をかけられ、エマ、マリオン、私の順で馬車を降りる。

「アイリーン様ですね」

「ええ、そうです」

「王妃様からお話は伺っております。私は侍従長のノーマンです。まずはレオナール殿下にお目通りお願いいたします」

「かしこまりました」

覚悟はしていたが、まずはこの王子宮の主人である第二王子・レオナール様にお会いしないと。

今回私が王子宮に来た目的は、第二王子にちゃんと食事を食べさせることなのだから本人に会わないことには話にならない。

「それとご滞在は離れをご使用ください。未婚の令嬢が本館に滞在されるのは差し障りがあるかと存じますので」

「お心遣いありがとうございます」

差し障りがあるのは私たちもだが、第二王子のためでもあるだろう。

未婚の男女の貴族が同じ館で生活するのは、外聞が厳しい。王子宮というプライベートな場所でも、いろんな目があるものだ。

王族のスキャンダルに貴族は敏感だ。それがたとえ事実でなくても、未婚の王子が自分の屋敷に女性を呼んだとなれば人は騒ぐだろう。

そうならないための予防線を張っておくのは重要なことだ。

離れに滞在するのであれば、王妃様からの依頼で来たという理由と相まって何とか言い逃れできそうだ。

それでもグレーではあるけれど……。

まあ、それも三ヶ月の間だけ。それを乗り切れば、私には厨房を自由に使える権利と優良な結婚相手が待っているのだ！

馬車の荷物が王子宮の使用人の手で下ろされ、離れのほうに運ばれていく。マリオンはまずお部屋を整える必要があるので、荷物のほうにそわそわと視線を向けている。

「では、アイリーン様はこちらへ。他の方は離れに案内させますので」

ノーマンの言葉に私は頷く。

「マリオン、お部屋のほう、よろしくお願いしますね」

「かしこまりました。それではアイリーン様、こちらをお持ちください」

マリオンから小ぶりなバスケットを渡される。

「ええ、そうね」

バスケットの中は布巾が掛けられて見えないが、この下にはたくさんのフィナンシェが詰まっている。

これは昨日、王妃宮の厨房を使う許可を得て作ってきたものだ。

マドレーヌもいいと思ったが、男性には焦がしバターの風味が効いたフィナンシェのほうが喜ばれるかと思いこちらにした。

残念ながらフィナンシェ特有の金塊のような型がなかったので丸い形になってしまったが、味は変わらずおいしいと思う。味見をした際にエマがそれはもうとろけるような顔をしていたので間違いないだろう。

三ヶ月という短い期間ではあるが、お世話になるのだから挨拶は大事だ。ほんのささやかではあるけれど、お茶請けにフィナンシェを差し入れようと考えて、持参したのである。

それに加え、王妃様から第二王子宛てに手紙も預かってきている。話は通しているが、本人にも直接伝えたほうがいいからと、王妃様は言っていた。

手紙とフィナンシェを持って、私はひとり、第二王子と面会することになった。

エマとマリオンは別の使用人に案内され、玄関で別れる。

私はノーマンに連れられ、本館へ足を踏み入れた。

王子宮だけあって、室内は豪華なものだった。王妃宮とはまた趣《おもむき》が違う。

主人が王妃様という女性ということもあり、王妃宮はとても華やかな雰囲気だったが、王子宮は落ち着いた色味でまとめられながらも荘厳といったところか。

甲冑や絵が飾られた玄関ホールを抜け、階段を上る。案内されるのはどこか分からないが、とりあえずノーマンについていく。

彼はある部屋の前で足を止め、ドアを開く。

入室するように促され、私は「失礼致します」とひと言添えて部屋に入った。

室内には大きな執務机にソファセット。片側の壁一面は本棚になっていて、たくさんの本が並んでいる。

「こちらはレオナール様の執務室になります。こちらでお待ちください」

ノーマンはそう言うと、部屋を出ていった。

私はひとまずソファに座る。持ってきたバスケットはひとまずテーブルの端に置かせてもらった。

王妃様からの依頼でやってきたとはいえ、部外者である私をひとりで執務室に残していいのかな？

おそらくそうしても大丈夫なように重要な書類は違う場所にあるか、開けられないところにでも隠しているんだろうな。

私はソファに姿勢を正してしゃんと座ったまま、室内に視線を巡らせる。

普段は王国軍にいると聞いていたが、執務はここでしてるんだろうか？

まだ王子とはいえ、彼も自分の領地を与えられているわけだし、その関係の雑務はあるはずだし。

「……それにしても誰も来ない……」

お茶を入れにくる使用人くらいは来てもおかしくないのに、それもない。

ずっと姿勢を正したままでいるのもなかなかにつらい。

静かな空間にひとりでいるため、時間の感覚はあまりないけれど、結構な時間が過ぎたのではないだろうか。

ノーマンも戻ってくる気配はないし、本当に第二王子と面会できるんだろうか……？

何より――。

「暇だ……」

室内をただ眺めるのも飽きてきた。脳内でいろいろ想像することも尽きてしまった。

「これだけ本があるんだから、一冊くらい拝借してもいいよね」

ぽつりと呟くと私の脳内のどこかから陽気な声で『いいよー!』と返ってきた気がして、私はソファから立ち上がる。

立派な装丁の背表紙を一つひとつ眺め、面白そうな本がないか吟味する。

こちらの世界で、本は高級品だ。元の世界でも限定版の画集やコアな資料などの高い本はあったが、こちらの本は比べものにならないくらい高い。

この部屋の本棚に収まっているようなきちんと装丁がされているものは特にだ。

実家の父の書斎にはなかった本がたくさんあって、わくわくしてくる。前世の記憶があるからか、趣味としての読書を知っている身としては本も料理の次に気になる分野だ。

さすがに料理の本はないと思うけれど、食材——植物の本があったら嬉しいな。

そんなことを考えながら本棚に夢中になっていると、突然、私のお腹に何者かの手が回り、背中から抱き込まれる。

「ひゃぁっ……⁉」

　いきなりのことに私は目を見開いて、おかしな声を上げてしまう。まさか音もなく忍び寄る影があるなんて気がつきもしなかった。身じろぎしようにもその力が強くて後ろを振り返ることもできない。

　そんな私の耳元に低い声が響く。

「勝手に忍び込んで、悪い子だね」

「えっ……⁉」

　忍び込んでない。ちゃんと案内されてきたのだ。

　何を言っているのかと言い返そうと口を開いたが、さわりと動く手の感触に私は口をぱくぱくとさせた。

　私の服の背中のリボンがしゅるりとほどかれたのが分かった。

「何を……⁉」

「何って、これを望んで忍び込んだのだろう？　執務室というのは無粋だけど、いつもと趣が違うことを賞して少しだけ相手してあげる」

　そう言うと、彼は背中のレースアップ部分にも手をかける。

　やばい！

服が脱がされる‼

どうにか身をよじって顔を後ろに向ける。

すると、そこにいたのは私が待っていた第二王子その人だった。

体勢が変わったからか、彼は私の手をぐいっと引き、近くのソファに座らせる。見上げると、笑みを浮かべつつも冷静な彼の目が見えた。

何を勘違いしているか分からないが、このまま流されてはまずい……！

背中をほどかれ、緩んだ襟元に彼の指がかかったとき、私は必死に叫んだ。

「私は、王妃様から依頼でこちらに参りました！　侍従のノーマン様に言われこちらで待っていただけです‼」

ひと息でそう言い切ると、彼の手がピタリと止まった。

「母に？」

とても近くにあった碧の目と視線が合う。

こくりと頷くと、彼は覆い被さるようにしていた体をどかす。

コルセットがあるのでそう簡単に服が脱げるわけじゃないけれど、今の状態はあまりよろしくない。

ドレスがずり落ちないよう、胸元を押さえながらソファにちゃんと座る。片手を背中に持っていくとほどかれた紐が手に触れた。

見るとリボンはさっき立っていた本棚の前に落ちている。

もう、なんなのこの王子！

いきなり襲ってくるなんて……‼

泣きそうになりながらどうにか背中の紐を手探りで引き、緩んだドレスを締め直す。

幸いにも完全に紐が解かれたわけじゃなく緩ませた程度だったので、締め直せばどうにかなりそうだ。

ドレスはひとりで着るのが難しい仕組みになっているので、マリオンにいつも着つけてもらっている。

直すとはいえ、鏡もないところで後ろ手に結ぶのはかなりおぼつかない。ここに着いたときのようにきっちりはできない。

マリオンが見たらすぐ気づくだろうな……。

どうにか紐を結ぶと、目の前にリボンが差し出された。

「どうやら勘違いだったみたいだ」

拾い上げて持ってきたくれたのは第二王子だった。見上げると少しすまなそうな顔を浮かべている。

私はムッとしつつも、リボンを受け取るとソファから立ち上がり、それを元々つけていたウエストに結ぶ。

身支度を男性に見せるのはとても恥ずかしい。あんなことをしたとはいえ、多少悪いと思っているのだろう。一応、第二王子は目をそらしてくれている。

どうにか結び終えると、私は気を取り直すように咳払いをする。

「改めまして、ジュリアンナ王妃殿下の使いで参りましたアイリーン・フリートウッドと申します。つきましては王妃殿下より手紙を預かっておりますので、そちらをご覧くださいませ」

私はそう言うとバスケットの中に入れていた手紙を第二王子に差し出した。

彼は受け取るなり執務机に向かう。引き出しからペーパーナイフを取り出すと、封蝋がしてある封筒を開けた。

執務机に腰だけよりかかり、手紙に目を通していく。

「母上……」

苦々しく呟くと、彼は手紙から視線を外し、顔を上げた。

「きみが来るという話は聞いていたが、今日だったとは思わなかった。いつもの愛《あい》妾《しょう》目当てのメイドかと思ってしまったよ。すまないね」

どんな勘違い⁉

いつものって、こういうことがよくあるってことなの⁉

ええー‼

第二王子の話に私はものすごく驚いてしまう。

「でも追い返すつもりでいたんだ。僕には特に必要がないからね。でも、母のこの感じは難しそうだなぁ」

やれやれとため息を吐いて、彼は私を見つめる。

「仕方ないから、客人として離れに滞在ってことにしておこうか。期間は三ヶ月っていうし、その間は好きにしてていいよ」

「はぁ……」

「分からないことがあれば、ノーマンに言って。基本的に僕はいないから」

「……かしこまりました」

第二王子は手を軽く振る。話はこれで終わりで退室を促しているのだろう。

私は釈然としないながらも礼を取る。

そのとき、顔を俯けるとテーブルに置かれたままのバスケットが視界に入った。

せめてこのくらいは……！

「最後にひとつよろしいでしょうか？」

まだ何かあるのかと言わんばかりに、こちらに視線をよこす第二王子にしっかりと向き合い、私はにっこりと笑みを浮かべた。

「こちらは手土産のフィナンシェですのでお茶請けにでもなさってください。お食事の時間もとれないほどお忙しいとお聞きしておりますので」

食事がとれないのは忙しいからなのか何なのか分からないけれど、『基本的に僕はいない』という言葉を拡大解釈して返した。

王妃様は私の料理なら食べてくれるかもとこちらに送り出してくれたものの、この王子の反応を見ると、それ以前の問題だと思う。

好きにしていいと言うのは、括弧書きで〝僕に関わらなければ〟という注釈が入った言葉に聞こえた。

きっと料理を作っても第二王子の口に入ることはないんだろうなぁ。

フィナンシェも捨てられるかもしれないけど、持ち帰るのもなんだか癪《しゃく》だし、そちらでいかようにもしてくれという気持ちだ。

私は笑顔で言葉を述べると、もう一度軽く礼を取って、部屋を出た。

「もうなんなの……！」

憤りを隠すこともせず、私は荒い足取りでずんずんと廊下を歩く。

令嬢らしからぬ動きではあるが、幸いそれを目撃する使用人の姿もない。

嫌なことをされても王子は王子。あんなことをされたのに、こちらはできる限りの礼を尽くした。

むしろよく頑張ったよ、私……！

王妃様の頼みとはいえ、第二王子の第一印象は最悪だ。

だって、執務室で待っていたのを愛妾目当てのメイドと間違うなんて……‼

ありえないでしょう！

しかも、後から気づいたけど、第二王子は部屋のドアからではなく、バルコニーのある窓から執務室に入ってきたらしい。服を直しているときに、それまで閉じていたはずの窓が開いていたからね。

そこから静かに入ってきたのだろう。

何でそんなことをしたのかは分からない。自分の執務室なんだからドアから堂々と入ってくればいいのに……。

……って、そんなことはどうでもいい！

「好きにしていいって言われたから、本当に好きにするんだからね！」

そんなに食べたくなきゃ食べなくていい。王子宮にほとんどいないみたいだけど、まったく帰ってこないというわけじゃなきゃ、久しぶりに帰ってきたときに屋敷中でおいしいそうな匂いがしてたら、食欲もわくでしょう。

好きにしていい、という範囲は厨房も入っていると自己解釈して、この三ヶ月は思いっきり料理をすることに決めた。

残してきたフィナンシェがどうなったかは分からないけれど、もし捨ててしまったのなら、後から泣くといい。

食べ物を粗末にした人は食べ物に泣くのよ！

支離滅裂ながらも頭の中で第二王子に対する鬱憤《うっぷん》を発散させ、私は離れを目指して廊下を進んだ。

「はあ、やっと着いた……」

ようやくたどり着いた離れを前にして、私は息を吐く。

第二王子の執務室を出て、そのうち会った使用人に離れの場所を聞けばいいかと進んだはいいものの、その使用人がまったくいなかったのだ。

王妃宮より少し小さいものの、それなりの広さがある王子宮なのに使用人をまったく見ないというのはとても不思議だった。

ただ、屋敷のそこここを見ると掃除が行き届いていないのか、うっすらと埃がたまっているところがあった。窓も微妙に曇っていたり、明らかに手入れ不足が見受けられた。

王子宮だよね？と首を傾げたくなる状態だ。

人を雇うお金がないのか？とも思うけど、第二王子なんだからそれはないはずだ。

あまり帰ってこないからあえてそうしているのか、なんなのか。

思えば執務室に案内されたのにお茶の一杯も出てこなかったしね。歓迎されていないんだなとは思ったけど、もしかしたらそれ以前の問題なのかも……？

「これも王妃様にご報告したほうがいいかもしれない」

屋敷の管理に関しては部外者が口出すべきではないけど、王子が生活するところとしてはふさわしくないと思う。

そんなことを考えていると、離れのドアが開いた。

「アイリーン様！」

出てきたのはマリオンだった。

「もしかして誰の供もなくこちらにいらっしゃったのですか⁉」

私ひとりしかいないことに目を止めたマリオンは、ぎょっと目を見開いた。

「ええ、ここに来るまでひとりの使用人もいなかったので、仕方なく……」

「まあ、なんてことなのでしょう！　王子宮でありながら考えられませんわ……！

アイリーン様、さあ中にどうぞ」

マリオンに促され、私は離れの中に入った。

離れ、と言ってもそこは小さな邸宅のような場所だ。

滞在中、ここの主人は私になるのでひと通り離れの中を見て回る。

一階の玄関からすぐのところにキッチンがあるので、そこから見てみることにする。

キッチンではさっそくエマが使えるように準備を整えていた。

「エマ、キッチンはどうかしら？」

私が声をかけると、コンロの下で作業をしていたエマが顔を上げた。

「アイリーン様、あまり近づくと灰がかかりますよ！」

彼女の顔には煤《すす》がついている。どうやらコンロの中にたまっていた灰を掻き出していたところだったようだ。

「このくらい大丈夫よ。それより明日から料理はできそうかしら？」

「コンロは灰が溜まってますけど問題なく使えそうですし、他のものも大丈夫そうです。ただ、食材がまったくないのでそれは手配しないとだめですね」

「私のほうから王子宮の侍従に話してみます。……もしだめなら王妃宮のほうから運んでもらいましょう」

エマの言葉を受けて、そう答えたマリオンに私も頷く。

ここまで管理されていない屋敷で働いている使用人はあまり当てにできない。

私のほうもいろいろあったが、もしかしたらマリオンやエマのほうも何かしらあったのかもしれない。そうマリオンの言葉からそれとなく察する。

離れの中も一応は使えるようにしているが、人が滞在するのに十分かと言われたらそうじゃない。

入ってから思ったのだが、なんとなく埃っぽい感じがするのだ。

あまり使われていない建物かもしれないから仕方のない部分はあるとは思うけど……。

「少しずつ手を入れていきましょう。何しろ三ヶ月もあるのだから、生活できるのであれば問題ないでしょう」

本来離れを綺麗にするのは私たちの仕事ではない。なんで客人であるはずの私たちがそれをしなきゃならないのかと思うから若干の不満はある。

神経質な貴族であれば激怒するかもしれない。

ただ、私はそこまで細かいことは気にしない質なので現状生活できれば問題はない。

……それ以上にインパクトのあった出来事を体験した後だから気にならないという見方もできるけど……。

あとは生活しながら少しずつ過ごしやすいようにしていけばいい。

「キッチンはエマに任せても大丈夫ですか？」

「はい！　今日中には使えるようにしておきますね！」

「ありがとう。よろしくお願いします」

キッチンにいても私にできることはないので、エマに任せて他の場所を見て回ることにする。

玄関ホールを挟んだ向かい側には食堂があり、その隣は応接室兼リビングがあった。

一階を見回ったところで、二階に上がる。

寝室はすべて二階にあるようだ。広い寝室がひとつと、それより小さめな寝室がひとつ。そして、使用人用と思われる寝室がふたつだ。

広い寝室の横には身支度ができるような小部屋もついていた。

荷物が運び込まれた寝室を確認していると、マリオンが「アイリーン様」と声をかけてくる。

振り向くと、マリオンは私の背中を見て怪訝な顔をしていた。

緩んだ背中のレースアップに気づいたらしい。私は苦笑する。

「自分で直したんだけど、鏡もなかったから……」

「……このようなこと聞きたくはないのですが、貞操はご無事で……？」

「未遂なので大丈夫よ」

痛ましそうな表情で問うてきたマリオンは私の答えに少しだけホッとする。

「すぐ直しますね」

「お願い」

私はマリオンに背中を向けると、彼女は手早くリボンをほどいて一度置くと、背中のレースアップを綺麗に締め直していく。

最後に外したリボンを結び直してくれた。

「ちなみにお相手は第二王子ですよね？」

「ええ。なんでも愛妾目当てのメイドと勘違いしたんですって」

「……なんですって？」

ありえない勘違いにマリオンはきょとんとした。その気持ちはとてもよく分かる。

「……アイリーン様、第二王子にはくれぐれもお気をつけください」

「分かってるわ。ただ、それからちゃんと名乗ったし、王妃様からお預かりした手紙も渡したからもうないと思うわ」

しっかりと自己紹介をしたのだ。

あれで私がフリートウッド伯爵家の娘と分かったはずだし、王妃様の女官だということも手紙から知ったはず。

これで何の覚悟もなく手を出してくるのであれば、伯爵家からも王妃様からも抗議が来るはずだ。使用人のメイドならともかく、伯爵家と王妃様が後ろにいる私に遊びで手を出すほど愚かではないと思いたい。

「それならいいのですが、王妃様のご依頼がご依頼だけに第二王子と接触しなければならないのですから用心はしてくださいませ」

「心得ておきます」

マリオンは神妙な顔で頷く。もしこれがマリオンじゃない側仕えならば、気をつけろどころか積極的に手を出されるようにと言うかもしれない。性格はともかく、相手は第二王子だ。既成事実を作ってその妻の座に……と考える貴族もいるだろう。

しかし、マリオンは地位や権力より私自身の幸せを考えて言ってくれている。

それが嬉しくて、あんなことがあったのに私は微笑んでいた。

今日は、王妃宮から念のためにと持ち込んでいた食料でお腹を満たし、早々に就寝することにしよう。

不安しかない出だしになったが、これから三ヶ月できる限りのことをしようと思う。

たとえそれが第二王子に響かなくても……。

＊＊＊

パタンと閉まったドアの向こうに消えていった娘に『さすがに悪いことをしたな』と思う。

「母上も余計なことを……」

心配してくれる気持ちも分かるが、僕には僕のやり方がある。今、部外者をこの王子宮に入れるのは悪手だ。

「あっちゃ～、やっちまいましたね。殿下」

突然背後からかかった声。僕は動揺することなく、振り向いた。

「お前いつからいた」

「そりゃあ殿下がこの部屋に入ったときからですよ。あんな隙だらけのお嬢さんが殿下の命を狙うとは思えませんでしたけど、万が一ということがありますからね」

「そうか」

たしかに僕も念のためと思い、ドレスに何か仕込まれていないか確認するため、チェックし、紐もほどいた。もし間者か暗殺者ならば、武器を隠し持っているはずだし、色仕掛けしてくると思ったからだ。

結果、どちらも違い、王妃である母の女官だったわけだが……。

「ノーマンに断ってもらったはずなのに、話があってから今日までの期間が短すぎて、ちゃんと伝わってなかったのかもしれない」

「そうですねえ。それにしても面倒なことになりましたね」

「ああ、動きにくくなるな。母に知られるのもよろしくない。だから、お前にはやってもらいたいことがあるんだが……」

「うへぇ、これ以上働かすんですかい」

「仕方ないだろう。お前以外は何かと動きづらいんだから」

「へいへい、分かりましたよー。で、何をしたらいいんです？」

嫌な顔をしつつも、最終的に聞いてくれる部下に僕は指示を出す。

「なるほど。了解しましたよー。……まあ、何にしてもきた女官がまだフリートウッド家の娘でよかったですね」

「そのあたりは母も考えてくれたんだろう」

母が派遣してきた女官は、アイリーン・フリートウッドと名乗った。フリートウッド伯爵家のご令嬢だ。

現在のフリートウッド伯爵家の当主は彼女の父親だったはず。

今の僕の敵ではないが、味方でもない家柄。しかし、フリートウッド伯爵の評判はよく聞く。

公平で実力主義。とても頭が切れるが、出世欲はあまりない人という評価だ。

その娘がここに来たというのはチャンスでもある。

ただ、そのチャンスをすでに棒に振ってしまったかもしれない。

「しくじったな……」

ただ、それはこれまでの計画にはなかったことだ。万が一できたらいいかなくらいに思っておこう。

「そういえばこれってなんですか？」

いつの間にかソファでくつろいでいる部下が、テーブルの上に残されたバスケットを指さした。

「ああ、あの子が持ってきたお菓子のようだよ」

「へえ～！」

彼は興味津々の様子でバスケットにかかっている布巾を開けた。

「おお、うまそう！」

その途端、香ばしい匂いが漂ってくる。あまり食事に興味がない僕にはそれを表現する言葉が分からないが、食欲を誘うような甘くて少しほろ苦いような香りだった。

「殿下食べないんですか？」

「僕がそう簡単に人が持ってきたものを食べると思うかい？」

「はは、違いねえ。じゃあ俺が毒味ってことで」

そう言うと彼は何の躊躇もなく、バスケットの中のお菓子を摘まみ、齧りついた。

「お！　なんだこれ！」

彼が驚いたように目を見開く。

「どうした、毒か!?」

まさかこんな堂々と毒を入れるとは間抜けすぎるだろうと思いつつ、様子を伺う。

彼はある程度の毒に耐性があるので大丈夫だと思うが……。

「うめえ‼」

「………は？」

「だから、めちゃくちゃうまいですよ！　この菓子！」

「なんだ驚かせるなよ……」

毒かと思ったら、うまいって……。

肩から力を抜き、もぐもぐと口を動かしている部下に呆れた視線を送る。

「これ、殿下も絶対食べたほうがいいって！」

どれだけ気に入ったのかは知らないが、絶賛しすぎじゃないか？

「僕はいいから、全部きみにあげるよ」

「え、いいんですか！　やったー！」

そう言うと、彼はまとめて二個口に詰め込む。そしてバスケットを抱えて。

「じゃあ、俺は明日の準備に取りかかります」

と、若干もごもごしつつ言い残し、瞬きした瞬間に消えていた。

三　試し焼きのキッシュ

「では、本日から第二王子に食事をとっていただくべく動き出すのですが――」

私は朝食を済ませると、マリオンとエマを集めこれからのことを話すことにした。

「第二王子に直接働きかけるのは難しいようです。事前に聞いていた通り、ほとんどこの王子宮にはいらっしゃらないらしいとご本人もおっしゃってました。なので、私たちが取るべき方法は間接的に食事をとりたくなるようにするしかありません」

「それはなかなか難易度が高いのではないですか……?」

私の言葉にマリオンが険しい顔をする。

「本人がいないので仕方ありません。できることから少しずつしなくては……」

そう言うと、エマが元気よく「はい」と手を上げた。

「どうしました、エマ」

「具体的にはどういうことをするのでしょうか?」

エマの質問に私は頬を緩ませた。

「ふふふ、具体的にはですね、料理をします!」

「え、料理？」

私の言葉にエマはきょとんとする。マリオンも驚いている。

しかしこれは昨日から考えていたことだ。

『好きにしろ』と言われたのだから、好きに料理をする！

「王子がいないのであれば王子宮で働く使用人の胃袋から掌握《しょうあく》していくのがいいと思ったのです！　使用人がおいしいものを食べていたら、主人は無関心ではいられないでしょう？」

「たしかに一理ありますね」

私の説明にマリオンはなるほどと頷く。けれど、すぐにハッとする。

「そのようなことを言って、アイリーン様がただ料理したいだけでは……？」

「あら、バレちゃいましたか」

さすがマリオン。私の考えはお見通しらしい。

「でも、私も料理ができて、さらに王妃様の依頼にも答えられる。みんなもおいしい料理が食べられますから双方にメリットがある案でしょう」

「いいと思います！」

おいしいものを食べたいエマは力強く言った。とても素直でよろしいと思う。

「まあ、そうですね。今できるところからするのがよろしいかと思いますから」

マリオンも納得してくれたようだ。

「では、マリオンは昨日に引き続きお部屋を整えてください。エマは私と一緒にお料理をしましょう」

「かしこまりました」

「了解です！」

今日の動きを確認して、それぞれ動き出す。

私はエマと共に厨房へ向かった。

到着するなり、エマはわくわくした様子でこちらを見つめる。

「アイリーン様、今日は何を作りますか⁉」

エマと料理をするのは、王子宮に来る前日にフィナンシェを作って以来だ。その前は厨房に行くのを自粛していた。

これから三ヶ月は一緒に料理できるので、私も嬉しい。

「まずは食材を確認させてください。それから作るものを決めましょう」

「あ、そうですね！　じゃあこちらへどうぞ！」

私の言葉に、エマはハッとしてから、案内してくれる。向かったのは厨房横にある小さな食料庫だ。

王妃宮の厨房にある食料庫に比べると本当に小さな部屋だが、この離れの規模なら十分だ。

「今朝、王妃宮の料理長に言って分けてもらったんですよ！」

どうやらエマはわざわざ王妃宮に行って食材を分けてもらってきたらしい。食料庫には数日分は持つくらいの量が入っていた。

「ありがとうございます、エマ。遠かったでしょう」

「いいえ、正面の道を使うと遠回りですが、歩いてのみいける近道を使えば王妃宮まではそこまでじゃなかったです」

エマはなんでもないように言うが、王妃宮から食材を運んでくるのは大変だっただろう。

「これならいろいろと作れそうですね！」

食材を見ながら、頭の中で料理のレシピを思い浮かべる。

ここでは王妃宮で作るのを遠慮していたものも作れる。王妃宮の厨房は料理長が取り仕切っているので、私がなんでも好きにしていいわけじゃなかった。

でもここでは私が臨時料理長。

軽食やお菓子だけじゃなく、三食の食事も考えないといけない。

そうなると、はじめにやることはひとつ。

「スープストックを作りましょう！」

「スープストックって、あれですよね。料理長がいつも大きな鍋でぐつぐつ煮ているやつ」

「そうです。いろんな料理に使えますからね。ただ、時間がかかるので、今日のうちに仕込んでおきましょう」

私は必要な食材をエマに指示して厨房に手分けして運ぶ。

調理台の上にそれを並べたら、いよいよ調理開始だ。

「アイリーン様、少しよろしいですか？」

鍋や調理道具を用意していると、厨房にマリオンが顔を出す。

「マリオン、どうしました？」

「お料理をするのであれば、こちらをお召しください。先ほど荷解《にほどき》した荷物から持ってまいりました」

マリオンが持ってきたのはエプロンだ。実家で料理をするときに使っていたもの。

王妃宮の厨房ではこっそり料理していたので、つけることはできなかったが、マリオンは念のためと持ってきてくれていたらしい。

「ありがとうございます」

ドレスの上からつけられるように、腰から下の布地がたっぷりとしたエプロン。

王妃宮に上がる前に毎日のように使っていてそれを身につけると、懐かしい気持ちと共に、やる気が満ちてくる。

背中の紐をマリオンに結んでもらい、たっぷりとした袖もめくってアーム用のガーターで止める。

これで料理をする準備は整った。

私にエプロンを着つけると、マリオンは元の仕事に戻っていく。

改めて料理を開始する。

大鍋を用意すると、洗った鶏ガラとぶつ切りにした野菜、水を入れ、コンロにかける。

コンロの準備はエマが引き受けてくれていた。

「エマ、こちらのコンロの調子はいかがですか？」

「昨日頑張って灰かきしたので、大丈夫だと思います！　ちゃんと暖まりますし！　ただ、火加減の調整は使いながらですね……」

使えると言ってもコンロはそれぞれ癖がある。

こちらの世界のコンロは、箱形で側面に薪をくべるドアと、オーブン部分、その下に灰を掻き出すドアがついている。コンロになるのは天板部分なのだが、コンロによって、熱の伝わり方がまったく違う。

位置によって弱火強火と分かれるが、その強さもコンロによりけりだ。

エマが使い慣れた王妃宮の厨房のコンロとは違うため、使ってみないことには熱の強さも分からない。

それを試すためにも、焦げにくく、長時間煮込むスープストック作りは打って付けだ。

十分に暖まったコンロの強火の位置に鍋を置き、沸騰するまで待つ。

その間に別の料理も作っていくことにする。

「オーブンの使用感も確かめたいですね。オーブンで焼く料理となると……」

オーブンをよく使うとなると焼き菓子が思い浮かぶが、それこそオーブンの癖を見てから作りたい。

そうなると食事系の料理の方がいいかもしれない。

「少し手間がかかりますが、キッシュでも焼きましょうか」

「キッシュ！　それははじめて聞く名前ですね！　お菓子ですか？」

エマが好奇心いっぱいに聞いてくる。

「キッシュはお菓子じゃなく、食事として食べる料理ですよ。形はパイに似てますが、野菜や肉類を入れるので甘くないんです」

「想像できませんけど、おいしそうですね！」

どんな料理か分からないけれど、楽しみにしてくれていることは分かって、無邪気なエマの様子に微笑みが浮かぶ。

「では、キッシュを作ってみましょう」

まずはキッシュの土台になる生地作りだ。

小麦粉、塩、油、牛乳をボウルに入れ、フォークで混ぜていく。生地がぽろぽろとしてきたら、手でまとめて、寝かせるために乾燥防止のぬれ布巾をボウルにかぶせ涼しいところに置いておく。

次は、中の具材の前にキッシュを焼く型の準備だ。

「キッシュの型はさすがにないのでフライパンで焼きましょうか」

フライパンで焼くと言っても、コンロではなくオーブンで焼く。

こちらのフライパンは鉄製なので、オーブンに入れて調理することもできるのだ。

ただ、元の世界でメジャーだったテフロン製のフライパンとは違い、扱いがやや面倒くさい。

シーズニングというお手入れをしっかりしなければ焦げつきやすくなったり、さびが浮いたりする。

ここの厨房にも鉄製のフライパンや鍋があったが、いつから手入れされていないのか分からない。錆はしていないけれど、まず手入れしてから使わないとだめそうだ。

オーブンに入れられるサイズの鉄製フライパンに水を入れ、お湯を沸かす。そうすることによって、一見分からない汚れや焦げが浮いてくる。

しっかり沸騰したら、お湯を流し、たわしでしっかりとこすり洗いをする。

軽く水気を取ったら、フライパンをコンロにかける。そのまま何も入れず空焼きし、完全に水分を飛ばしていく。

十分にフライパンが熱くなったら、コンロから下ろし、冷めないうちに油を垂らし、布巾でしっかりと伸ばし、なじませる。

これがシーズニングの基本的な流れだ。

鉄製のフライパンは、お手入れさえしっかりすれば、焦げつくこともないし、手になじむいい調理器具だ。

元の世界ではスキレットと呼ばれる小ぶりなフライパンがとても流行した。可愛いしおしゃれで、そのまま食卓に出せるすぐれものだった。

パンケーキやオムレツ、アヒージョなどの料理にぴったりで、飲食店の看板メニューとしてよく見かけた記憶があった。

今回は元の世界でよく見かけたスキレットよりもひと回り大きいフライパンを使う。油をなじませた状態で、このまま冷ましておく。他にも調理でフライパンは使うので、同じサイズのものもシーズニングしておいた。

続いて、キッシュの中に入れる具材を準備していく。

春ということもあり、最近は野菜の種類が増えつつある。

元の世界と違い、野菜が年中食べられるということはないが、だからこそ旬の野菜はありがたいものだ。

今日のキッシュには、かぶ、たまねぎ、アスパラガス、ベーコンを入れようと思う。

かぶもたまねぎも春にとれるものはとても柔らかくみずみずしい。アスパラガスは、鮮やかな緑が彩りを加えてくれる。

皮を剥いたら、かぶはいちょう切りに、たまねぎは薄切りにする。アスパラガスは、四センチ幅くらいに切る。ベーコンは細切りだ。

次に、先ほどシーズニングしておいたフライパンで軽く火を通していく。

ベーコンは脂身が多く、さらに塩気がかなりあるので、下味は必要ない。ややしんなりするくらいでコンロから下ろし、具材はお皿に移して粗熱を取る。

他に必要なのはキッシュのフィリングだ。

ボウルに卵を割り入れ、しっかりと溶きほぐす。そこに生クリームを加え、塩こしょうと粉チーズを少量加え、混ぜ合わせるだけだ。

すべての準備が整ったところで、成型していく。

シーズニングしてから冷ましておいたフライパンに、寝かせておいた生地を敷いていく。本当はめん棒で伸ばしてからフライパンに敷いたほうがいいのだが、今回は洗い物と手間を短縮ということで、生地を手で押しつけるようにして、フライパンに伸ばす。

こうすると端も余らないからちょうど良い。見た目はちょっとデコボコしちゃうけどね……。

生地を敷き詰めたら、火を通した具材を入れて均一にならす。

そこに最後に作ったフィリングを流し入れたら、おろし器で削ったチーズを振りかける。

あとはオーブンで焼くだけだ。

作業を見守っていたエマが期待に輝く目でキッシュを見つめている。

「見た目はグラタンのようですね！」

上にチーズがかかっているから確かに現時点では似ているかもしれない。

「ふふふ、焼き上がりを楽しみにしててくださいね」

食感や味わいはグラタンと結構違うので、できあがった時のエマの反応が楽しみだ。

オーブンを開けてもらい、私はキッシュの生地を敷いたフライパンを中に入れる。

あとは様子を見ながら焼き上げるだけだ。

「スープストックはどうですか？」

「かなり煮えてきましたよ」

私がキッシュを作っている間、エマはスープストックを見てくれていた。火加減を調整しながら、湧いてくるアクをひたすら取る作業だ。

鍋の中を覗いてみると、きれいにアク取りされたスープができていた。

「とてもいい感じですね！　おいしいスープが作れそう！」

「やったー！　今日は何のスープにします？」

「そうねえ、さっきキッシュにも使ったかぶのスープにしましょう！　煮込んだときのとろっとしたかぶの食感がとてもおいしいと思いますし」

「わぁ！　いいですね！」

エマの賛成もあって、スープにはかぶを入れることにする。それとたまねぎも入れよう。

かぶのいいところは茎も使える点だ。スープに入れると彩りもよくなるし、是非使いたいと思う。

「それとクレソンがあるので、キャベツをあわせてサラダにしましょう」

「クレソン……」

私の言葉にエマは途端に苦そうな顔をする。

「あら、エマはクレソンが苦手ですか？」

「うっ……、実は苦手です……」

たしかにクレソンは独特の風味がある。ほんのり辛みと苦みがあるので、それが苦手という人もいるだろう。

「無理に食べる必要はありませんが……」

「苦手なだけで食べられないわけじゃないですから！」

以前、エマが言っていたことがある。エマの家はすごい貧しいわけではないが、それでも生活が楽なわけではない。

ゆえに毎日の食事は全員がお腹いっぱいに食べれるというわけではないから、多少苦手でもお腹を満たすために好き嫌いができる状況ではないのだろう。

とはいえ、苦手なものを率先して食べたいとは思わない。

もし食べるならばなるべく食べやすいほうがいい。

「クレソンをできるだけ食べやすいように何か工夫してみましょうか」

サラダにするならドレッシングで何か工夫ができたら格段に食べやすくなるはずだけど……。

頭の中でいろいろとレシピを思い浮かべる。

やっぱりあれを一度作ってみるべきかなぁ。

ぱっと思い浮かんだのは元の世界で大人気だった調味料。

「卵とオリーブオイルと、塩こしょうあとはビネガーが必要ですね」

「何を作るんですか？」

私が呟いた材料を聞いてエマは首を傾げる。「卵にビネガー？」と言っているところを見ると、何を作るか想像できなかったらしい。

「これでおいしい調味料を作ろうと思います」

私はさっそく材料を集め、取りかかった。

作るのは、マヨネーズだ。

元の世界ではチューブに入っているものがたくさん売られていたが、マヨネーズは意外と簡単に作ることができる。

――混ぜるのには根気がいるけれど……

まずは新鮮な卵から卵黄を分け、ボウルに入れる。卵は王宮の敷地内で飼育している鶏から今朝採れたものだ。

そこにビネガーと塩、こしょうを入れ、よく混ぜる。

本当はレモンの搾り汁があれば爽やかになったんだけど、なかったから仕方ない。

しっかりと混ぜ合わせたら、オリーブオイルを少量ずつ加えその都度混ぜていく。

オリーブオイルはあまりたくさん入れると分離しやすくなるので、本当に少しずつ加えていくのがコツだ。

「ふうっ、腕がつらいけどっ！　しっかり混ぜないと……！」

「あ、アイリーン様⁉　大丈夫ですか⁉」

「大丈夫っ！　ここが一番大事なの！」

泡立て器片手にボウルの中身をカチャカチャかき混ぜる私を、エマが心配そうな目を向ける。

だるくなっていく腕でがんばってかき混ぜていると、次第に白っぽく、もったりとしてくる。こうなったら完成間近だ。

力を振り絞ってさらに泡立て器を動かす。隣でハラハラしながら見守るエマの気配を感じながら、泡立て器によってできる溝がくっきりしてきたところで手を止めた。

「マヨネーズの完成です！」

ふう、と息を吐く。かき混ぜるのはかなり疲れたけれど、なかなかうまくできたんじゃないだろうか。

「これがまよねーず、という調味料なんですか……？」

「そうです。サラダにもいいですし、フライにつけてもよく合うんですよ。ちょっと味見してみましょう」

小ぶりなスプーンを二本取り出し、ほんの少し掬う。

片方をエマに差し出し、残りの方を私は口に入れた。

「うん、うまくできてますね！　もう少し塩気があっても良かったかもしれません」

私はできあがったマヨネーズの味を確かめる。ビネガーが効いているので、そこまで気にはならないが、次に作る時はもう少し塩を多めにしようと思う。

ふと、エマが静かなことに気づく。

「エマ？　もしかして苦手でしたか……？」

手に持っているスプーンには、もうマヨネーズがなくなっているので、食べてみたんだとは思う。そのスプーンを持ったまま小刻みに震えている。

卵がダメだったとか……？

うつむいているエマの様子が気になって私は覗き込もうとする。

すると、エマがばっと顔を上げた。

「アイリーン様！」

「は、はい！」

「なんですかこれめちゃくちゃおいしいです！」

「あ、それはよかったです」

どうやらおいしさのあまり感動して震えていたらしい。

「これ、私にも作れますか⁉」

「ええ、もちろん。混ぜるのが大変ですけど、それさえがんばれば誰にでも作れると思います」

「アイリーン様、是非私にも教えてください！」

「いいですよ」

本当にマヨネーズが気に入ったらしい。エマの勢いがすごくて私は頷いた。

エマにマヨネーズ作りをレクチャーしながら、私は残りの調理を進めていく。

オーブンで焼いているキッシュは途中で位置を入れ替える。オーブンの中でも火力が強い場所とそうじゃないところがあるので、焼きむらを防ぐために必要なのだ。

そして、できあがったスープストックを使って、かぶのスープも作る。

サイコロ状に切ったかぶとたまねぎ、細かく刻んだかぶの茎が入ったスープだ。

最後にエマが鬼気迫る顔で作り上げたマヨネーズを使ったクレソンとキャベツのサラダ。

これが今日の昼食だ。

「まあ見たことのない料理ですね」

食堂にできあがった料理を並べると、部屋を整えていたマリオンがやってくる。

「キッシュははじめてかもしれないわね。できたてのうちにみんなで食べましょう」

食堂には三人分の食事が並ぶ。

本来は身分があるので、私、マリオン、エマが食事を一緒に取ることはないのだが、ここには三人しかいないのだから別々で食べるなんて寂しい。

一緒に食事したほうが片づけも楽だし、おいしいものは分かち合ったほうがいい。

食前のお祈りをしてから、カトラリーを手に持つ。

まずはキッシュだ。

フライパンに作ったものを四等分したキッシュ。生地はサクサクに仕上がっているようで、ナイフを入れると音が鳴る。

ひと口大に切り分け、口に運ぶ。

ベーコンの塩気がかぶとたまねぎの味を引き立たせ、卵と生クリームでできた生地がまろやかにまとめてくれている。

オーブンの試し焼きを兼ねて作ってみたが、焼き加減もちょうどいいし、うまくできたんじゃないだろうか。

「アイリーン様、このキッシュという料理、とてもおいしいですね」

マリオンが感想を言ってくれる。エマも同意するように首を縦に振っているので、気に入ってくれたらしい。

「口に合ってよかったわ。できたてはもちろんですが、キッシュは冷めてもおいしいんですよ」

「それはいいですね。パン以外で持ち運んで食べられる料理はあまりないので重宝しそうですね」

「確かにそうね」

こちらの世界ではお米を食べることはなく、基本的にパンが主食だ。おにぎりなら持ち歩くことができたけど、お米を食べる習慣がないためそれが難しい。

主食として食べているのはパンの他にパスタがあるけど、冷めたら途端においしくなくなる。

麺ものびてしまうし、硬くなってしまうのだ。

その点、キッシュは冷めてもおいしいし、保存もある程度可能なのがいい。

あと保存が利いて主食になるようなものだったら、ケークサレなんかも作ってみてもいいかもしれない。

今度作りたいものをいろいろ考えながら食べ進める。

マヨネーズで和えたクレソンとキャベツのサラダもとてもおいしい。

エマを見ると、むしゃむしゃ食べている。マヨネーズのおかげで苦手なクレソンもあまり気にならないようだ。

かぶのスープもエマが丁寧にアクを取ってくれたおかげか、とてもおいしくできている。

かぶとたまねぎのとろっとした食感に、かぶの茎の部分のシャキシャキ感がアクセントになっていて、いくらでも食べられてしまう。

料理を作ったことで、離れのキッチンは問題なく使えることが分かった。マリオンからの報告で部屋の方も荷物の整理が終わり、細々とした部分も整え終えたらしい。

午後は一度、本館の方の厨房を見にいってみるのもいいかもしれない。

「エマ、午後は本館の方の厨房を見にいきたいのですが、一緒に行ってくれますか？」

「え、アイリーン様、本館に行くのですか？」

私の言葉に先に反応したのはマリオンだった。

「第二王子は不在らしいですが、王妃様の依頼には取り組まないといけないでしょう？　本館の厨房がどんな状態かくらい確かめておいたほうがいいと思いまして」

「なるほど。私も同行しなくてよろしいですか？」

「マリオンの手が空いているのでしたら是非同行してほしいですが、大丈夫ですか？」

「ええ、あらかた終わりましたので見に行く程度でしたら大丈夫です」

「では一緒にお願いします。エマは大丈夫ですか？」

「はい！　王子宮の料理長と挨拶をしておきたいです！　お会いしたことないの

で……」

「そうなのですか。では、一緒に参りましょう。できれば先触れをしておいた方がいいのですが……」

「それは難しいかもしれません」

私の言葉にマリオンが表情を曇らせる。

「今日も入り用なものを揃えに本館に行ったのです。王妃宮であれば早朝から慌ただしく働いているものですが、その様子がまったくなく、お昼前にもう一度行ってみると数名おりましたが、使用人の控え室で遊戯《ゆうぎ》にふけっていましたよ。私が質問すると渋々教えてくれるという状態で……」

マリオンは「ここは一体どうなっているんでしょうか！」と憤慨した様子だ。

「そんなことになっていたのですね。でもこちらが礼を尽くさないというのはダメです。念のため先触れはしましょう。マリオン、申し訳ないですがお願いできますか？」

「かしこまりました」

先触れはマリオンに任せ、私とエマは再び離れの厨房にこもる。昼食の片づけを済ませてから、また新しい料理の準備に入る。時間があるうちに夕食の下ごしらえを進めておくのだ。

夕食はパスタにしようと考えている。そのため、まずはパスタの麺作りだ。

パスタは王妃宮の厨房でも何度か使ったことがある。なので、今回はエマも一緒に作ってもらう。

きれいにした調理台に小麦粉を山のように置く。そのてっぺんを少しくぼませたら、そこに卵、塩、水を入れ、少しずつ小麦となじませていく。

やがてぼそぼそとしてきたら、塊同士を押しつけ合うようにしてまとめる。

そこからさらに捏《こ》ねていく。粉っぽい部分や水分が多い部分が均一になり、表面が滑らかになるまでしっかりと捏ね、耳たぶくらいの感触になったら生地の完成だ。

ひとかたまりにした状態で生地をボウルに入れると乾燥しないようにぬれ布巾を掛けておく。

夕食時にゆでる前に伸ばして切り揃えることにする。

「エマも上達しましたね」

見るとエマは私の作ったものとほぼ遜色ない生地を作り上げている。

「はい！　パスタはいろいろ活用できるので個人的にも練習しました！」

エマは得意げに言った。

パスタの生地さえ覚えればとても幅広く使える。パスタとひと口に言っても、いろいろな種類があるのだ。

棒状の麺であるスパゲティ、フィットチーネ、リングイーネなどはとてもメジャーであるし、板状のラザニア、ショートパスタのマカロニ、ペンネ、ファルファッレなども有名どころだ。

また、少し変わり種だと生地の中に具材を詰めたラヴィオリや、じゃがいもで作るニョッキといったものもある。

パスタに絡めるソースも多種多様。具材もかなり広く使うことができる。

パンに比べたら、茹でる必要がある上に、ソースを別に作らなければならず、手間がかかるけれど、主食のひとつとしてこれほどレシピに幅がある料理もなかなかない。

エマの言う「いろいろ活用できる」というのはその通りだった。

「今日のソースは何を合わせましょうかね」

「トマトの瓶詰めは料理長に譲ってもらえなかったのですが、今日は新鮮な牛乳があったのでクリーム系はどうですか？」

「それはいいですね！　具材はアスパラとベーコンはどうでしょう？」

「わぁ！　おいしそうです！」

私の提案にエマは目を輝かせる。

あとは副菜とスープを何か作ることにしよう。

せっかくスープストックも作ったしね。

エマと夕食の相談をしつつ、楽しく下ごしらえを進めていると、先触れにいっていたマリオンが戻ってきた。

ただ、彼女の様子は出て行くときと違っていた。あまり感情を表に出さないタイプのマリオンが明らかに憤慨している。

「マリオン、大丈夫ですか……？　先触れはできました……？」

「あれを先触れと言ってよいのかどうか……！　一応伝えておきますが、好きにすればいいと言われましたよ！」

言いながらその時のことを鮮明に思い出したのか、マリオンは目をつり上げる。

いつも冷静なマリオンには珍しい態度に、私はエマと顔を見合わせる。

「えっと、それは向かっても大丈夫なのかしら……？」

「いいのではないでしょうか。話を聞く限り厨房には使用人が在駐しているわけではないようですし」

「まあ、そうなの⁉」

この規模の館で料理人が在駐しないというのはありえるのだろうか？

だから第二王子も王子宮で料理を召し上がらないのかしら？

もしくは召し上がらないから料理人がいない……？

卵が先か鶏が先か、のような疑問が浮かんでくる。

「とりあえず好きにしてよいのでしたら、一度見に行ってみましょうか」

こうして、私たち三人は本館の厨房へ向かった。

＊　＊　＊

昨日も通った王子宮の中を進む。

相変わらず人気《ひとけ》がなく、そして、隅の方は埃が残っていた。

……本当に大丈夫なのかしら、ここは……。

正直、社交シーズン中のマナーハウスのほうがきれいだと思う。

マナーハウスとは、領地を持つ貴族が一年の半分を過ごしている領地にある館のことだ。そういった貴族は、社交シーズンになると王都にあるタウンハウスに住んで、王宮に出仕したり、お茶会やパーティーに参加したりする。

マナーハウスにもタウンハウスにも、使わない間も使用人が在駐していて、掃除などを行ってくれている。

主人一家が使用するシーズン中ほどではないが、それでも割とまめにメンテナンスをしてくれていると聞いていた。

まさか王子宮がそれにも劣るようなずさんな管理状態だとは予想もしていなかった。

使用人は主人を映す鏡とも言われるが、第二王子は本当に大丈夫なんだろうかと不安になる。

忙しくて使用人を管理できないのかもしれないが、貴族ならやらねばならないことだ。

第二王子が直接しなくても、侍従長に代わりに采配してもらうとかやりようはあるはずだ。

あのノーマンという侍従長がそもそも職務放棄しているのかも……？

そんなことを考えつつ足を進めていると、ようやく厨房に到着した。

大きい館の厨房はだいたい地階にある。

地階と言っても、半地下のような状態なので日光も入るから暗いわけではない。

たいがい食堂にアクセスがいいように、すぐ近くにあるのだ。

そして、地階にはセラーと呼ばれる食品やお酒を貯蔵しておく食品庫がもうけられている。さらには、使用人の食堂や控え室があることが多い。

王妃宮はそのタイプだったが、ここも同じらしい。

　厨房のすぐ向かい側が使用人の食堂らしい。耳を澄ますとこれまで人気《ひとけ》がないと思っていた屋敷の中で不自然なほど、賑やかな声が聞こえた。

使用人がいないのではないらしい。

ただ仕事をしていないだけのようだ。

余計なお節介かもしれないが、この使用人は直ちに解雇するべきではないだろうか？　王妃宮の勤勉な使用人たちとは大違いだ。

不快げに顔をしかめるマリオンも、きっと同じ気持ちなのだろう。

とはいえ、雇っているのは私じゃないし、それを決めるのはここの主人である第二王子の仕事だ。分かっていて放置しているのか、分からずにいるのかは不明だが、今度顔を合わせる機会があればひと言伝えるくらいはしようと思う。

いよいよ厨房に足を踏み入れる。

「失礼します」

マリオンが扉を開けてくれたので、私はひと言添えて足を踏み入れる。

ただ、入った瞬間その言葉は無意味だと思った。

なぜなら誰も人がいないのだ。

今の時間なら夕食の準備をしていてもおかしくない。

なのに、誰ひとりとしておらず、また誰かが料理しているような気配もなかった。

「本当に誰もいないのね……」

離れの厨房よりも遙かに広い厨房なのにもったいない。

「料理長がいたら挨拶をと思ってたんですけど……」

エマも困惑している。

果たしてこの状態で料理長がいるのかという疑問もある。

ひとまず厨房の中を歩いてみる。

設備はひと通り揃っているけれど、掃除が行き届いてないように見える。毎日使っていたらこのようなことはないはずだ。

食品を放置したような異臭がしないだけマシかもしれないが、日常的に調理に使われているようではなかった。

エマはコンロを覗いている。

「これ、最後に使ったのはいつなんでしょう？　灰はありますけど、古そうです」

しゃがんだ状態でコンロの灰かき口を覗いているエマが言った。

「他の使用人はコンロを使うことはないのかしら？　お茶くらい淹れるでしょう？」

「お茶を淹れるくらいでしたら簡易的なものがあるので、それで済ませているのではないですか？」

私の疑問に答えたのはマリオンだった。

「使用人の食堂には暖炉もありますから、そこで簡単なものなら煮炊きもできると思います」

「確かに、それもそうね」

この世界の暖房器具といえば暖炉だ。

冬はお部屋を暖めつつ、そこで調理をしたりすることが多い。貴族の屋敷でも、食堂の暖炉にスープの鍋程度であればかけておくくらいはする。

まだ春になったばかりのこの季節なら、部屋を暖めるついでにお湯を沸かすくらいはするだろう。

「でも使用人の食事はどうしているのかしら？　ここで料理をしないのであればどうやって？」

「そうですよね……」

エマがうーんと言って考え込む。

そんな時、私たちが入ってきた厨房のドアが開いた。

三人とも一斉にそちらへ目を向けると、使用人らしき青年が立っていた。

「あれ、あんたたちは……？」

エマと同じくらいの年齢だろうか。グレーの髪の彼は、厨房の中で寄り集まっている私たちを不思議そうな目で見つめてくる。

「失礼ですが、ここの料理人ですか？」

マリオンが真剣な表情で男性に問う。すると彼からは「ははっ」という笑いが返ってきた。

「俺が料理人だって？　ないない！　ただ料理を運んできただけだ」

「料理を運んでくる……？」

「ああ、ここには料理人はいないからな。王宮の方から料理を分けてもらって、それで生活してんの」

「なるほど。だから使われている形跡がないのね」

青年の言葉に私は納得する。

「ところであんたらは一体なんだ？」

「離宮に滞在しているものです。あなたは？」

マリオンが答えると、青年は抱えていた荷物を調理台の上に載せて口を開く。

「俺はテオ。庭師だよ」

格好が侍従や執事っぽくはないと思っていたので、庭師と言われてなるほどと思う。

「ではあなたが毎日料理を届けているんですか？」

私が問うと、テオは「ああ」と頷いた。

「でもあんたたちがなぜこっちの厨房なんかに？　何か探しものでもあるのか？」

「王妃様より王子殿下の食事の改善をと依頼を受けて参りましたので、まずは環境を確かめるために足を運びましたの」

「へえ～」

私の言葉にテオは多少興味ありげに相づちを打った。

「ちなみにあなたに聞くのは筋違いかもしれないけれど、こちらの厨房は使用しても問題ないのかしら？」

「アイリーン様!?」

テオに向かっての問いかけに、彼よりも先にマリオンが驚いた声を上げた。

「離れの厨房でいいのではないですか？」

「あちらももちろん使うわ。でも私、一度あの薪釜を使ってみたくて……」

私は壁の方に視線を向ける。

そこには石壁の中に半円の蓋がついている。

それは薪釜だ。

元の世界だとピザのお店にあったりもして、薪を燃やし、その余熱で焼くオーブンである。

王妃宮にはなかったが、この王子宮にはある。

薪をくべる穴は専用の蓋でしっかり閉じられているので、一見そうとは見えないが、間違いなく薪釜だった。

「おお！　すごい！　薪釜があるんですね！　パン屋さん以外で初めて見ました！」

私の言葉にエマが驚きつつも嬉しそうな声を上げた。

薪釜がある屋敷なんてそうそうない。

それこそエマが言うようにパン屋さんでもなければ頻繁に使うこともないだろうし。

でもなぜかこの王子宮にはあった。

料理をしない厨房にある薪釜は、コンロやオーブンよりもさらに使用頻度が少ないだろう。

本当にもったいない！

きっと薪釜で焼いたピザは最高だろうし、そのほかにもパイやタルト、クッキーなどもさっくりと焼き上がるはずだ。

「薪釜ねぇ……。たぶん許可をってなると侍従長のノーマンさんに聞いたほうがいいと思うけどあの人も忙しいし……」

「ノーマンさんは普段どちらにいるのかしら？」

「さぁ？　俺もよく知らないんだよね」

私の言葉にテオは首を傾げる。

マリオンから小さく「それでどうやって使用人をとりまとめているのかしら」と批判の声が聞こえてきて、私は苦笑した。

「勝手に使うわけにもいかないですし……」

「いいんじゃない？」

テオの軽い言葉に私は「え？」と呟く。

「普段誰も使ってない訳だし、好きにしたらいいと思うけど？」

……また「好きにしたらいい」か……。

この王子宮に来て何度目かのその言葉。

だから使用人もその言葉通り「好きにしている」のかと思うと、少し呆れる気持ちが浮かんでくる。

でも、それなら私も「好きにする」けどいいのかしら……？

「……では、明日にでも使わせてもらいましょうか。ノーマンさんと出会ったらそのときにお伝えすることにいたしましょう」


翌日。

私は、再び王子宮の厨房を訪れていた。

今回もマリオンとエマが一緒だ。

「ではまずお掃除ですね！　厨房をきれいにすることはおいしい料理を作る上でとても重要ですから」

いくらおいしい料理でも、汚い場所で作るのは衛生的によろしくない。

王子宮の厨房は、あまり使われていないからか焦げや油汚れは少ないものの、代わりに埃が目立つ。一度掃除をしないことには使えるものも使えなかった。

今日はシンプルなデザインのドレスをマリオンに選んでもらい、そのうえにエプロンをしている。掃除をするのだから、汚れてもいいような格好にしたのだ。

掃除する気満々でいる私だったが、マリオンは困った顔でそれに待ったをかける。

「アイリーン様に掃除をさせるわけには……！」

「そ、そうですよ！　掃除なら得意なので任せてください……！」

エマもマリオンに同調する。

「でも三人しかいないのだし、みんなでやれば早く終わるでしょう？」

厨房全体を使うわけじゃないから、使える部分だけきれいにすればいいが、それでも王子宮の厨房は離れの厨房よりも広い。

離れはエマが頑張ってきれいにしてくれたが、ここの厨房をひとりで掃除するには無理がある。

だったら三人でやったほうが効率的だ。

「しかし、アイリーン様、お掃除されたことございませんよね？」

掃除する気持ちを変えない私に対して、マリオンは別の角度から説得しようと試みてくる。

けれど、マリオンの心配は私に関しては杞憂というものだ。

確かに伯爵令嬢アイリーンは、これまでの人生で掃除とは無縁の生活を送っているが、私の中には前世の記憶がある。

一般市民であった前世の私はもちろん掃除の経験もあるわけで、掃除をすることに対する忌避《きひ》感も苦手意識もないのだ。

ただ、それをありのまま言うわけにはいかない。

「私もお掃除はできると思います。確かに経験はありませんが、お鍋や調理器具を洗ったりなんかはできると思うのです。お料理はお片づけまでがお料理ですし！」

こちらの世界でお料理するときは、実家でも王妃宮でもエマのようなキッチンメイドに補助をしてもらうことが多いが、多少の片づけは自分で行っていた。

当然、小さい鍋やフライパンは自分で洗うこともあるのだ。

それも掃除の一部と考えたら、令嬢の私だって戦力外ではないはずだ。

私の言葉に、マリオンとエマは視線を合わせる。会話はないが、ふたりは小さく頷き合う。

「では、アイリーン様は調理器具を洗う作業をお願いいたします」

「わかったわ」

マリオンとエマは、比較的簡単な作業を任せることで納得したらしい。

ふたりの承諾が出たところで、早速掃除を開始する。

私は鍋が収納されている棚にあるものを、使えそうなものとそうでないものに仕分ける。

いつから使われていないのかわからないが、白く埃をかぶったものがほとんどだ。

離れの厨房でもそうだったが、鉄製の鍋やフライパンは定期的に油をなじませないと傷《いた》んでくる。

手頃なサイズの鍋を選ぶと、洗い場まで持っていく。

大きな桶の中に水を注いでせっけんを溶かし、その中に鍋を入れ、たわしを使って埃と古くなった油を洗い落とす。

埃が取れると、状態がわかる。

錆が浮いているものはよけて、きれいなものを使うことにする。

王妃宮のように人数がいるわけではないので、それほど大きな鍋を使うことはないだろう。

せっけんをきれいにすすぐと、食器を乾燥させるための専用のラックにかけておく。

そのラックも埃をかぶっていたので、あらかじめきれいにしておいた。

鍋類の洗浄が終わったら、今度は調理器具やカトラリーを確認しようと思う。

収納していると思われる場所に目星をつけて探していると、厨房の入り口から「あら」と声がした。

そちらのほうに目を向けてみると、メイドのお仕着せをやや着崩して纏っている女性がいた。くすんだ赤銅色の髪は結い上げられているがルーズ。一方で顔にはしっかりと化粧を施しているようだった。

「あんたたち新入り？」

入室の挨拶もせず、厨房に入ってくるなり、腕を組み足を突き出しながら彼女は言った。

横柄な態度に私がびっくりする。

直接私に言ったのではないと思うが、使用人にこのような態度をとられたのははじめてだ。

というか、初対面の人にこんな居丈高《いたけだか》にものを言うこと事態がありえない。

驚きでパチパチと目を瞬かせていると、マリオンがすっと前に出る。

「こちらは、先日から王妃の使いで離れに滞在している伯爵令嬢のアイリーン様です。あなたはこちらの使用人でしょうが、突然そのような態度は無礼ではないですか？」

「……あら、それは失礼いたしましたわ」

マリオンの言葉に、一応は丁寧な言い回しをするも、まだ腕は組んだままで慇懃無礼《いんぎんぶれい》な感じがする。現に態度はまったくかしこまっていない。

彼女は名乗ることもせず、マリオン、エマと視線を向けて、最後に私を見る。

ぱちりと目が合った。

そして、私の頭からつま先まで品定めをするかのように目線を上下させる。あまりに遠慮のない動きに、さすがに私も動揺する。

本来、使用人は基本的に許しなく貴族に話しかけるのはマナー違反とされている。もちろん例外はあるし、自分の雇っている使用人であればその限りではない。

昨日会ったテオに関しては、たしかに口調は丁寧ではなかったけど、庭師という職業上、貴族と接することもあまりないことが予想できるため、許容できた。

しかし、彼女はメイドの格好をしている。その服を着ている以上、一応客人である私にその態度は失礼すぎじゃないだろうか。

「マリオン」

私はそうひと言告げる。すると、心得たようにマリオンがさっと私の前に歩み出た。

「どなたに向かってその態度をされているかご理解されていないようですね。直ちに立ち去りなさい」

「なっ……！」

マリオンの言葉に彼女は目をつり上げる。

「そのような口の利きかたをすることが不相応と言っているのです。どのような管理をなされているかは存じ上げませんが、あなたの雇い主にこの旨、しっかりとお伝えさせていただきます」

厳しい口調でマリオンが彼女に向けて言い放った。

「なによ、偉そうに！　そもそも貴族がこんな厨房にいるなんてあり得ないでしょ！」

彼女は一度丁寧になった口調もどこかにいったのか、声を荒らげる。

……まあ、たしかに貴族の令嬢が厨房にいるのはあまり外聞がよろしくはないが、だからといってここまでの態度をとっていいわけじゃない。

もちろん使用人の区画にいることは重々承知なので多少の言葉遣いに目くじらを立てるつもりはない。

でも、彼女の態度はあまりにもひどすぎる。

「ふん、むしろこっちがノーマン様に言いつけてやるから！」

そう言い捨てると、彼女はドアを乱暴に閉め、憤慨しながら出ていった。

「なんということ……」

マリオンはあまりにも礼儀知らずな振る舞いに言葉も出てこないようだ。

エマもぽかんとしている。

基本的に貴族と使用人は雇用関係だ。あんな状態でクビになるかもしれないと考えないのだろうか？

そう考えてから、ふと第二王子の言葉が頭をよぎった。

『愛妾目当てのメイド』

着崩したメイド服の襟元から見えたグラマラスな胸元やメイドには過分な化粧から、彼女がそのメイドなんじゃないかと思った。

「……他のメイドもそうなのかしら？」

王子宮では、今しがた会った赤銅色の髪をしたメイドしか遭遇していない。

掃除や給仕などメイドとしての仕事ではなく、第二王子の愛妾目当てにこの屋敷にいるのであれば、管理の行き届いていない館の状態も納得だ。

ノーマンに言いつけると言ったが、そもそもこちらは王妃様の使いとして来ているわけで、正当性は比べるまでもないだろう。

……通常ならば。

本当にいろんな意味で第二王子は大丈夫なのか心配になってくる。

今思えば、王妃様もこうして私に頼まなければわからないのだろう。もう自立して一緒に生活をしておらず、住んでいる建物も違う。

同じ敷地内とはいっても王宮の敷地は広大で、それぞれ高貴な身分の王妃様と第二王子は面会するにも、幾重にもやりとりをしなければならない。

親子といえど難儀なものだ。

ちゃんと食べているか、生活しているのか、心配する親心は理解できる。

王子宮の使用人問題は、私がどうにかする範疇《はんちゅう》外なので仕方ないかもしれないが、料理に関してはできることをしよう。

闖入《ちんにゅう》者によって中断していたけれど、厨房の掃除はまだ途中だ。

「さ、ふたりともお掃除を続けましょう」

意識を切り替えるように、私は軽く手を打つ。

するとマリオンとエマはハッとする。

「そうですね」

「まだ途中ですもんね〜」

ふたりはそう言うと作業を再開する。

私もなかなか良さそうな銀製のカトラリーを見つけ、それを取り出した。

「きれいになりましたね！」

埃が払われ、空気も入れ換えた厨房は見違えるようだった。

「これで明日から使用するのも問題ないでしょう」

そう言ったマリオンの表情には達成感がにじんでいる。

「コンロも薪釜も使えそうで安心しました」

微笑みながら話すエマの頬には煤がついていた。

私のお目当てだった薪釜も一度火入れをしてみた。

長いこと放置されていただろう薪釜。

取り出し口にある半円の鋳物《いもの》の蓋を開けるときはドキドキした。なぜならエマが『ねずみのすみかになってないといいんですけどねー』なんて言うから！

開けるときは、エマの背中に張りつくようにして、彼女が開ける後ろからおっかなびっくり覗き込んだ。

幸いにもネズミはいなかったが、煤と埃がすごかった。

そのため、薪をくべて一度燃やし、それから灰を掻き出すという作業をした。

エマが本当に頑張ってくれたのだ。

そうそう悪くなるものではないが、薪釜が問題なく使える状態になった。

「これで明日からたくさん料理が作れますね！」

薪釜で作ってみたい料理が次から次へと頭に浮かぶ。

ピザ、パイ、タルト、焼き菓子。

オーブンではちょっと難しいケーキのスポンジもできるかもしれない。

大きく保温性が高い薪釜は、扱いが大変だけど温度が一定に保たれるため、もちろんパンを焼いてもいい。

「明日が楽しみです……！」

私は失礼なメイドのことをすっかり忘れ、これから作る料理にただ思いを馳せた。

＊＊＊

「なんなの……！」

憤りのままにずんずんと廊下を歩く。

珍しく声が聞こえて覗いたキッチンでの出来事を思うと苛立たしくてたまらない。

——もしかしたら王子がいるかもと思ったけど、とんだ別人だったわ！

なかなか戻ってこない王子と顔を合わせるチャンスを逃すまいとしたのに、無駄な時間だった。

「早くしないとお父様になんて言われるか……」

ぎりっと親指の爪を噛む。

お父様と呼んでいるけど、彼は本当の父親ではない。地位とお金だけはあるから従っているし、自分の将来のためにこんなことをしているが、本来はこんなメイドなんて下働きは願い下げだ。

幸いサボってもバレないし、うまくやればおとがめもない。

だからこそ、さっきの令嬢の側仕えの言葉は最悪だった。

脅しのようにノーマンに言うとは言ったが、あのノーマンという男もなかなか食えない。誘惑しても無表情だし、厳しいかといえばそうでもなく。

小言は言うものの、基本的に放置だ。

王子の予定くらい教えてくれることを期待していたが、そもそもノーマンもこの王子宮にいることが少ない。

どこで何をしているのかは不明だ。

「まったく、離れにこもってたらいいのに！」

側仕えにかばわれるようにしてこちらを見ていた令嬢を思い出す。

不思議なものを見るように小首を傾げた姿。エプロンをしている上に、あまり豪奢ではないドレスを纏っていたが、それでもいい生地で丁寧に仕立て上げられているだろうということは一目でわかった。

緩く波打つ栗色の髪は艶やかで、化粧をほぼしていないようだが滑らかな白い肌にぽってりとした桃色の唇が美しかった。

おざなりに聞いた話では王妃の女官をしている伯爵令嬢らしい。

自分とは生まれも育ちも違いすぎる彼女に、ほの暗い嫉妬心がこみ上げてくる。

さすがに王妃の女官に手を出すわけにはいかないが、彼女が来たことによって王子がここに滞在する時間も増えるかもしれない。

そのときはチャンスだ。

「さっさとやるべきことを片づけて、こんなところからおさらばするんだから」

そのためにもまずはお父様に報告に行かなければ……。

使用人専用の裏口につくと、人が周りにいないことを確認して外に出る。

目指すは王宮の本殿。

そこで待つ男にどう報告するか頭で考えながら、私は使用人しか通らない薄暗い裏道を進んだ。

四、再会のカルツォーネ

鍋がコトコトと煮え、フライパンでは肉の焼けるジューッという音がする。まな板の上ではトントンと包丁がリズミカルに鳴り、薪釜の中では合いの手のようにパチッと薪がはぜる。

厨房に鳴り響く音は幸せの音だ。

日本人だった前世でも、朝起きたときに台所からこの音が聞こえると、一日が気分良く過ごせるような気がした。

それは世界が変わっても同じだと思う。

王子宮の厨房をきれいにした次の日からさっそくお料理に使わせてもらう。

材料や薪はさすがに王子宮にはないので、離れから持ち込んだ。

そして、初めて扱う薪釜。

エマといろいろ相談しながら、焼いてみることにする。

やっぱり薪釜といえば、ピザだ。

薄くカリッとしつつも、弾力のある生地が焼き上がると思うと、楽しみで仕方ない。

ただ、エマはピザを知らないので、教えながら作っていくことになった。

まずは生地作りからだ。

小麦粉をよく篩い、そこに塩と王妃宮の料理長が分けてくれた特製の酵母を入れ、オリーブオイルとぬるま湯を入れてなじませていく。

最初はねばねばしているが、しっかりと混ぜていくと生地がまとまってくる。

ここからが生地作りの大事なところだ。

調理台に打ち粉をし、そこで打ちつけるように捏ねていく。何度も続けるとやがて生地がぶちぶちと切れることなく、滑らかになっていく。

ここで丸く整えてボウルに入れ、ぬれ布巾をかぶせたら一次発酵させるためしばらく置いておく。

その間に他の料理を作る。

ピザに合う料理と言えば、フライドポテトだろうか。

でも、ポテトサラダも捨てがたい……。

芋料理でかぶるけど、せっかくだから両方作ることにしよう。

じゃがいもを洗い、皮を剥く。

新じゃがではなく、保存をしていたものなので皮はしっかりめに剥いていく。

水を張った鍋に適当な大きさに切ったものを入れて、茹でていく。

フライドポテトのぶんは細切りにする。

ポテトサラダと言えばマヨネーズが必要だ。

「エマ、マヨネーズを――」

「え！　今日はマヨネーズを使うんですか！」

すっかりマヨネーズを気に入ったエマが私が最後まで言う前に食いついてきた。

「……ええ、サラダに使おうと思ってます」

「私が作ってもいいですか⁉」

「じゃあエマに任せますね」

「はい！」

ピザは生地の発酵が終わるまで時間があるし、マヨネーズ作りはエマに頼むことにして、私はポテトサラダに入れる具材を準備する。

具材はグリーンピースにハムだ。

グリーンピースはさやから外し、塩をまぶす。鍋にお湯を沸かしたらそこにグリーンピースを入れて湯でる。

一分くらいでコンロから鍋をよけ、そのまま冷ましていく。

こうすることで豆の表面にしわができずに茹でられるのだ。

ハムはサイコロ状に切っておいた。

作業が一段落したところで、エマの方を窺ってみる。

懸命に泡立て器を動かしマヨネーズ作りに励んでいる。大変そうだが顔は緩んでいて楽しそうだ。

ポテトサラダ用に茹でていたじゃがいももいい感じになったので、水気を飛ばしてからボウルに移すとマッシャーで荒く潰す。

私の好みだが、なめらかすぎるより多少じゃがいものゴロゴロ感が残っているほうがおいしい。

マヨネーズ作りもグリーンピースが冷めるのもまだかかるようなので、私はピザソースでも作っておこうと思う。

瓶詰めのトマトをフライパンに入れる。

皮は剥いているが、形は丸いままなので、それを軽く手で潰しておく。

次第にトマトの水分が蒸発していく。

とろとろになってきたら塩こしょうで味をつける。ピザに使うので少し濃いめの味つけだ。

味見をした限りはよさそうなので、そのまま冷ましておく。

同時進行でピザにのせる具材も準備しておこう。

ピザの王道・マルゲリータを作りたかったが、バジルとモッツァレラチーズがないので、今回は別のものにする。

トマトソースだったら比較的なんでも合うが、まずは定番のたまねぎとベーコンにしようと思う。

たまねぎは薄切りにし、ベーコンは細切りにしておく。

「できました！」

エマが元気な声を上げた。

どうやらマヨネーズができあがったらしい。

「ありがとうエマ。そうしたら、ポテトサラダを仕上げちゃいましょうか」

先ほど茹でておいたグリーンピースも冷めたようだ。

水気をしっかり切ったグリーンピースと切っておいたハムを、潰したじゃがいもに加え、エマが作ってくれたマヨネーズとあえていく。

塩こしょうで味を調えたらポテトサラダの完成だ。

一品作り上げるうちにピザ生地も次の段階に入る。

一次発酵していた生地をボウルから取り出し、優しくガスを抜いていく。

はじめの何倍も膨らんでいるのでしっかり発酵できているようだ。

なんと言ったって王妃宮の料理長秘蔵の酵母だからね！

ガス抜きした生地は三等分にする。それぞれ丸めたら、再びぬれ布巾をかぶせ置いておく。二次発酵だ。

「そのピザっていう生地はほとんどパンと作り方は変わりませんね」

エマが作業をしながら呟いた。

王妃宮のキッチンで、料理長の助手をしていたエマ。料理長は毎日ではないが、パンも自分で焼いていたので、それを手伝うエマも工程は知っている。

なのでピザ生地の手順や発酵の仕方もパンと変わりないことに気づいたようだ。

「生地としてはパンを薄く伸ばしている状態ですからね。ただ、食感や味わいはかなり違うと思いますよ」

「わぁ！　それは楽しみです！」

エマが期待を寄せるように言った。

あとは温かいスープも作っておく。

昨日もエマが作っておいてくれたスープストックに、たまねぎ、じゃがいも、べーコンを入れ、煮ていく。具材に火が通ったら牛乳を加える。

あまり煮立たないようにコンロの弱いところで加熱しつつ、味をなじませる。

最後に塩こしょうで味を調えたら、ミルクスープの完成だ。

本当はアサリがあればクリームチャウダーになるのだが、この世界では海産物がなかなか手に入れられないので仕方がない。

「アイリーン様、ピザの生地がそろそろ良さそうですよ」

「まあ、それじゃあトッピングしましょうか」

打ち粉をした調理台に二次発酵を終えた生地をのせる。

めん棒で丸く伸ばしたら、その上に先ほど作ったトマトソースを広げていく。

そこにスライスしたたまねぎとベーコンをのせ、その上からたっぷりのチーズを削りながら振りかけていく。

同じものをエマにも作ってもらい、私がもう一枚作る。

生地は三枚分あったので、あるだけ作ってしまおうかなと。

できあがったらいよいよ薪窯の出番だ。

あらかじめしっかりと薪を燃やして、釜は十分に温まっている。

パーラと呼ばれるスコップのような道具にピザをのせると、釜の中に入れる。エマは、滑らせるようにピザをパーラから釜の中へと移動させた。

「パン屋さんの見よう見まねでしたけど、うまくできましたね」

どうやらエマはパーラを使うのははじめてらしい。でもそう思えないくらい、様になっていた。

「とても上手ですよ、エマ」

私が褒めると、エマは嬉しそうに笑う。

薪釜は高温のため、薄いピザはあっという間に焼ける。

数十秒ほどで生地の端がこんがりとしてくる。

時間にして二、三分ほどだろうか。チーズも溶け、ソースもぐつぐつしているのがわかる。

「エマ、取り出してください」

「はい！」

私の声にエマはすぐさまパーラを構えると、薪釜の中に差し入れる。

ピザと炉床の間に素早く差し込むと、ピザがうまくパーラの上に乗った。そのまま釜から引き出した。

「おいしそうですね……！」

ピザが取り出されると、生地とトマトとチーズの香りがふわりと香る。

釜から取り出してもまだ表面がぐつぐつしている様子がとてもおいしそうで、途端に食欲が湧いてくる。

パーラから調理台のまな板の上にピザを載せてもらうと、味見のために切り分ける。

ピザカッターがないので、普通の包丁だが問題はない。

六等分にしたら、パーラを壁に立てかけていたエマを手招きする。

「味見しましょう」

「わっ！　いいんですか？」

そう聞きながらもエマの目は期待に輝いていて、食べる気満々だ。

「薪釜の試し焼きですからね。まずはできあがりを確かめなくてはいけません」

「そうですね！」

本来ならカトラリーを使うところだが、ピザはやっぱり手づかみでしょう！

そもそも厨房では座って食べるということができないので、細かいことは気にしない。

「エマもひと切れどうぞ」

「うわぁ、おいしそう……！」

私が持ち上げると、チーズがとろりと糸を引く。それを見て、エマが感激を露わにする。

エマもひと切れ取ると、同じようにチーズが長く伸びた。

「では、いただきます」

「いただきます！」

できたてあつあつなので、何度か息を吹きかけて冷ましてから頬張る。

まずパリッとした生地の食感。でも噛むともっちりとした弾力もある。

具材のたまねぎはシャキッとした瑞々しさが残っていて、ベーコンの塩気と脂身が味を引き立たせる。そして、トマトの濃厚な味にとろりとしたチーズが最高の組み合わせでまとまっている。

「おいしいです……！」

ひと口目を咀嚼すると、私は思わずそう呟いた。

薪釜で焼いたためか、まず生地がおいしいのだ。高温で一気にむらなく焼き上がるのがピザには最適なのだろう。

ピザがこのおいしさなら、他のメニューにも期待ができる。

試し焼きにしては最高の結果だ。

薪釜は置く位置で温度も違う。燃やした薪は熾火《おきび》として釜の中に置いておくため、その位置関係によっても温度にばらつきがある。

今回は釜の中心で焼き上げたが、長時間焼く必要がある料理は焼き具合を見ながら調整が必要だろう。

「おいしいぃぃぃぃ！」

エマはぺろりとひと切れ食べきってから声を上げた。

「サクッとモチッが共存して、さらにこのソースとチーズがもうたまらないです‼」

「そうでしょう」

エマが言わんとしていることはとてもよくわかる。私も同じことを思ったから。

「……アイリーン様、もうひとつ食べてもいいですか……？」

窺うようにちらりとこちらに視線を向けるエマに私はクスリと笑う。

「ええ、もちろんいいですよ」

「やったー！」

私の言葉に喜んで、エマはもうひと切れ食べようと手を伸ばす。

すると、厨房の入り口から声が聞こえてきた。

「なんかすっげぇいい匂いするんだけど」

そう言いながらやってきたのは先日会ったテオだった。

「こんにちは、テオ。薪釜を試し焼きでピザを作ったんです」

「ぴざ？」

「ええ、こちらの料理です」

私が手で示してみせると、テオはピザに視線を向ける。

「……初めて見る料理だけど、めちゃくちゃおいしそう」

「ふふ、ひと切れ食べてみますか？」

「いいのか？」

「試し焼きですし、冷めるとおいしくなくなっちゃいますから」

「……じゃあ、せっかくだし」

そういってテオはピザをひと切れ手に取る。

エマの食べ方をまねして、三角の先端から齧りついた。

「……！」

頬張った瞬間、テオの目が見開かれる。一瞬ピタリと止まるも、すぐにもぐもぐと口を動かしはじめた。

もうその反応で察する。

おいしいと感じてくれているのだろう。

ふた口目をかなり大きな口で頬張ったテオはあっという間にピザを平らげた。

「……こんなにおいしいのははじめてかもしれない」

「まあ、それほどまで……⁉」

おいしいと感激してくれるのは何よりも嬉しいことだ。テオにとってはとてつもない衝撃だったのかもしれない。

「では、もうひと切れ食べますか？」

こんなに喜んでくれるなら、作った甲斐がある。

「あー！　アイリーン様、私にもっ！」

「あら、エマもまだ食べるんですか？」

ピザは六等分したので、私が一ピース、エマが二ピース、テオが一ピースを食べたので、残りが二ピース。

「では、エマとテオで一つずつどうぞ」

私がそう言うと、ふたりは『待ってました』とばかりに、一斉に手を伸ばす。一方向に持ち上げられたピザの間にチーズがとろりと糸を引いた。

「いや〜うまかった！」

ふた切れ目を食べ終わったテオが言った。そう言いながらも調理台にある焼成前のピザに視線が向かっているところを見ると、まだ食べたりないようだ。

「ところでテオは、また食料を届けに来たんですか？」

「ああ。食料っていっても簡単なものだけどな」

テオに断って彼が持ってきた木箱の中を覗く。

中にはパンとチーズ、ハムが入っていた。切れば簡単なサンドイッチにはなるが、あまりにも味気ない。

「……えっと、こちらの使用人はみんなこれを食べてるんですか……？」

正直、毎日この食事では仕事をサボりたくなってもおかしくない。

唖然とする私にテオは苦笑する。

「ここではな。ただ、王宮からの通いの使用人もいるし、向こうの食堂でも食べられるようにしているから食事は各々好きにする方針らしいぞ」

「そうなんですか……」

ひとまず王子宮の使用人は、食事には困っていないらしい。

ただ、料理人を雇えば解決するのに、なぜその方法をとらないのか分からない。何か別の理由でもあるんだろうか、と私はふんわり考える。

「では、私たちが作った料理を置いていれば食べる人もいるのかしら？」

「それは俺が食べるぞ！」

テオは即答する。よほどピザが気に入ったらしい。

「まあ、それは嬉しいです。それなら食べられる状態で置いてくことにしましょうか」

エマに視線を向けると、心得たように頷いてくれる。

「……それにしても変わったお嬢様だね、あんた」

「え？」

テオが切り出した言葉に私はきょとんとする。

「料理をする令嬢なんて変わってるなって。まあ、その料理もおいしいから俺としては全然不満はないけど」

「ふふふ、ありがとうございます」

一応褒められているんだろう。私は笑ってその言葉を受け取る。

料理がうまいと言われると素直に嬉しかった。

それに自分の作った料理をおいしそうに食べてもらえるのも嬉しいものだ。

なるべく隠れて料理をしているので、王子宮に来ても私の料理を食べるのはマリオンとエマだけだった。

そこに突然テオが現れて料理を食べてくれた。

マリオンとエマのような身内以外から料理の感想をもらえることはとても少ない。

だからこそ率直な感想をもらえる。

テオがまさしくそれで、私は思いがけなく料理の達成感を覚えていた。


それからテオは仕事に戻ると言って出て行った。

去り際に『食べるから料理残しておいて』と言い置いて。

それがなんだかくすぐったい気持ちになる。

私とエマはというと、テオの希望を叶えるためだけではないが、多少触発されて、薪釜でできる料理を作りまくった。

テオと入れ替わりでやってきたマリオンに、もう一枚焼いたピザの試食をしてもらうと「おいしいけれどカトラリーだと少し食べづらい」という感想をもらったため、違う形にしてみた。

平らな生地に具材をのせるのではなく、具材をピザ生地で包んで焼くことにした。

円形に伸ばした生地の半分に具材をのせると、もう半分の生地を折りたたみ半円にする。中の具材が出てこないように、合わせた生地は端の部分をねじるようにしてしっかりとくっつけた。

中まで火を通す必要があるので、薪窯の中でもピザを焼いた場所よりやや低温の場所に置き、じっくりと焼いていく。

火が通るにつれ、生地がこんもりと膨らんでいくのが見ていて楽しい。

やがてこんがりと表面がきつね色になったところで取り出してもらう。

包み焼きのピザ・カルツォーネの完成だ。

これならばカトラリーでも食べやすいし、持ち運ぶときも楽だ。

他にも、ソーセージとじゃがいものパイに、スコーンも焼いた。スコーンはプレーンのものと、お茶の葉をいれたもの、ナッツ入りの三種類だ。

夢中になっていたらお昼を少し過ぎてしまった。

「マリオン、エマ」

一度離れに戻ってきて、私はふたりに話しかける。

「ここに来てずっと働きっぱなしだったので、今日の午後はゆっくりしましょう」

「いいのですか？」

マリオンの言葉に私は頷く。

「あまり気を張っていてもしかたないですし、三ヶ月という期間はまだはじまったばかり。最初から頑張りすぎてもあとが続かないですし、休むのも大事ですよ」

「ではお言葉に甘えて……」

「エマも今日はお休みです。作ったスープやカルツォーネなどを食べればいいので、心配いりません。お昼寝してもいいですし、好きなことをして過ごしてください」

「ありがとうございます！」

一緒に食堂で午前中に作ったピザをはじめ、ポテトサラダやフライドポテト、スープを味わい、食事が終わるとその場で解散した。

私は部屋で少し休んだあと、王子宮の散策に出かけることにした。

「お庭はやっぱりテオがちゃんと管理してるのかしら？」

建物の中ではなく周囲をゆっくりと歩く。室内の管理はずさんでも、お庭にある木はしっかりと剪定がされ、芝生もきちんと刈られていた。

庭師と言っていたテオは、しっかりと仕事をしているらしい。

王子宮の使用人はダメな人ばかりだと思ったけど、テオは例外と知って少しだけ安心する。

そんな彼に、もしかしたら会うかもしれないと思い、私はバスケットの中にカルツォーネとスコーン、そしてお茶を入れて持ち歩いていた。

まあ、テオに会わなくてもどこかいい場所を見つけたらひとりピクニックでもしようと考えていた。

「ここ、良さそう……！」

ちょうど見頃なのか、遅咲きのミモザの花がきれいな場所だった。

香水にも使われるほどのミモザのいい香りが風に乗って香ってくる。

日差しを避けるちょうどいい木陰もあって、そこに持ってきた布を敷いて、ひとりピクニックにしゃれ込むことにした。

「クッションも持ってきたらよかったかもなぁ」

布を敷いているとはいえ、地面の感触が硬い。

次にピクニックをするならクッションを持ってくることにして、私はバスケットを開けた。

ティーポットにあらかじめ淹れてきたお茶を注ぐ。少し冷めてはいるけれど、まだ温かいそれをひと口飲むと、とても心が落ち着いた。

王妃様の依頼とはいえ、こんなことを引き受けてしまってどうしようと今でも思っている。

三ヶ月とはいえ、まだまだ先は長く、王妃様の期待に応えられるかは自信がない。

これで王子宮がもっとちゃんとしたところであったなら勝機はあったかもしれないが、使用人は好き勝手にしているし、そもそも第二王子はいないし……。

ハァとため息を吐いてから、私はバスケットの中のスコーンに手を伸ばす。

薪釜で焼いたからなのか、今日のスコーンはきれいな狼の口ができている。

狼の口というのは、スコーンにできる側面の腹割れ線のことだ。この部分から横半分に割って食べるのがスコーンはいいとされている。

狼の口から半分に割ると、まずは何もつけずに食べてみる。

割るときにも感じたが、やはり薪釜で焼くと表面がとてもカリッと焼き上がる。カリッとした食感のものが好きなので、とても私好みにできたと思う。

残りの半分には王妃宮の料理長特製のイチゴジャム。

甘みとイチゴの酸味がちょうど良くて、王妃様が好まれるのもよく分かる。

スコーンを味わい終え、お茶で口を潤していると、どこかから話し声が聞こえてきた。

『……大丈夫なんですか？』

『昨日お父様にお会いしに行ったら何かあればこちらで手を回すって言ってくれたわ』

『へぇ～旦那様がそう言うなら安心だ』

『ええ、だからあなたも私の言ったことをちゃんとしてちょうだい』

『へいへい、お嬢様』

どこかで聞いたことのある声だと思い記憶をたどると、すぐに答えが導きだされる。

厨房にいきなりやってきた先日の失礼なメイドの声だ。この高圧的で甲高い声はそうそう聞き違えない。

相手の男性の声ははじめて聞く。

どこから聞こえてくるのかと周囲を見回すと、地階の窓がすぐそばにあった。どうやらそこにふたりはいるようだ。

こちらからは姿が見えないが、なおも会話は続く。

『それにしてもそうなったら旦那様は派手に動かざるを得ないと思いますけど、いいんですかね？』

『さあ、知らないわ。私は言われたことをやるだけよ』

『第一王子派の足下もぐらぐらなんですから余計なことはしないでくださいね』

『うるさいわね！　そんなこと私には関係ないわよ！』

……なんか聞いちゃいけない話を聞いてしまった気がする。

あのメイドが言う〝お父様〟と、声主が分からないこの男性が言う〝旦那様〟はこの王子宮の主人である第二王子のことではないだろう。

しかも〝第一王子派〟という単語はなかなか物騒だ。

このクレディローシェ国には、王子がふたりいる。

第一王子のメルヴィン王子と、第二王子のレオナール王子だ。

メルヴィン王子は現在二十二歳。

レオナール王子は三つ年下の十九歳だ。

このふたりの王子は、父親は同じだが母親が異なっている。

レオナール王子の母は、現在王妃宮に住んでいる私の主人・ジュリアンナ王妃様だ。

一方、メルヴィン王子の母は、ジュリアンナ王妃の実の姉であるアミーリア前王妃様だ。

アミーリア王妃様は、メルヴィン王子を出産した翌年に亡くなっている。元々、体が弱い人だったらしい。

しかもその体質をメルヴィン王子も受け継いでしまったようだ。

次の王位継承者が病弱でひとりしかいないのは、国としてリスクが高い。

ゆえに、白羽の矢が立ったのが前王妃様の妹であるジュリアンナ様だった。

その結果生まれたのがレオナール王子だ。

そして、現在この国は王位継承者問題で揺れている。

国王はまだ王位を継承する王太子を指名していない。だから、ふたりの王子は今だにどちらも〝王子〟なのだ。

体は弱いが聡明で国政に強いメルヴィン第一王子。

体が丈夫で王国軍でも頭角を現しているレオナール第二王子。

なかなか甲乙つけがたい状態で、臣下もどちらを推すか迷っているのだ。

しかもふたりとも独身の上、婚約者は未定。一応候補くらいはいるだろうが、決まった婚約者はまだいない。

現在、国王は健在でまだお若いので、この先二十年は安泰だろうが、安定しているうちに次の王を決め置かないと、万が一があったときに国の動乱は避けられない。

国政に関わる人ならばみんなそう思っているはずだ。

そのため、いろいろな人が思惑を持って水面下で動いていることは容易に想像できる。旗色を窺い、自分の立場を明言するのを避けながら、大人たちは様子を見ているのだ。

そんな中、聞こえてきた〝第一王子派〟の言葉にドキリとしないわけがない。

実家のフリートウッド家は権力闘争といったことに関わり合いたくない一族であるため、中立を保ってきた。貴族であるという体面さえ保てて、家族が生活できるのであれば、出世もそこそこでいいという考えだ。

そんな家で育った私でも〝第一王子派〟という言葉にはびっくりする。

〝お父様〟と〝旦那様〟が誰かはわからないが『何かあればこちらで手を回す』と言うからには、その人が〝第一王子派〟としてすでに活動している人物であることは間違いない。

ただ、問題はそこではない。

第二王子の住む王子宮に〝第一王子派〟とつながっている使用人がいるということだ。

「あのメイドはスパイだと、王子にお知らせしたほうがいいんでしょうか」

私は小さく呟く。

すると――。

「もう知ってる」

ごく至近距離で聞こえた返事に、私はばっと後ろを振り返る。

「おぅっ――!?」

「ちょ、静かに……!」

「んー!!」

思わず叫びそうになった私の口を、手が塞ぐ。

「……大きな声を出すなよ」

彼の言葉に私はわかったと言うようにこくこくと頷く。

すると私の口を覆っていた手が離れた。

「なぜ、ここにいるのですか、レオナール殿下」

私の目の前にいるのは、ずっと不在にしていると思っていたレオナール第二王子。

まさかこんなところで遭遇するとは予想もしなかった。

「なぜって、きみが来る前にいたんだよね。この上に」

そう言って、レオナール殿下は上を指さす。

見上げると、そこには木陰を作ってくれている木。

「え、もしかして木の上にいたのですか?」

なんでレオナール殿下がそんな場所に……?

私は不思議で目を瞬かせる。

そんな私の反応がおかしかったのだろう。レオナール殿下はふっと口元を緩ませる。

「ここだと使用人の話が聞けるからな」

「もしかして知ってて……？」

「ああ。わざと泳がせてる。こっちにもいろいろあるんでね」

「はあ……」

レオナール殿下の目的はよくわからないが、何かしら考えがあってのことなのだろう。

「だからきみも聞かなかったことにしてくれたら助かる」

「それはいいですけど……」

政治に関わるつもりもないし、私の目標はちょうどいい感じの結婚相手を見つけることだ。そんなに出世しなくてもいいから、あまり人生に波風立たず生活できるような人がベスト。

進んでこんなやっかいごとに首を突っ込みたくはない。

しかし、関わりたくなくても私は『第二王子に食事をしてもらう』という王妃様からの依頼を果たさなければいけないのだ。

「そうだ」

ひとついいアイデアが思い浮かんだ。

「――では、交換条件ではいかがでしょう？」

「……交換条件だと？」

「はい。私は何も聞いてなかったことにします。なので、レオナール殿下は私が王妃殿下から頼まれた食事の改善をお願いします」

「それは僕が払う負担のほうが大きくないかい？」

「そうですか？　食事をとっていただくだけですけど？」

私がそう言うと、レオナール殿下は少し嫌そうに顔をしかめた。

そんなに食事をとるのが嫌なのだろうか？

王国軍の寮では食事をとっていると聞いているけど、それ以外は食べたくないのか、それとも小食すぎて食べられないのか。

「ひとまずちょっとお茶でもしませんか？　ちょうどひとりでピクニックをしていたところなんです」

私は先ほどびっくりして芝生の上にぶちまけてしまったティーカップを拾い上げる。ナプキンで拭いて、新しいお茶を淹れるのと一緒に、もしテオと会ったら使うかもと思い持ってきたもうひとつのカップにもお茶を注いで、レオナール殿下に差し出した。

「少し冷めてしまいましたがよろしければお茶をどうぞ」

私がそう言うとレオナール殿下は、毒気を抜かれたように『はぁ』と脱力して、敷布の開いているところに腰を下ろした。

「今日はカルツォーネとスコーンがありますよ」

「かる、つぉーね……?」

「カルツォーネというのは、ピザを……っていうとややこしいか。薄いパン生地の中に具材をつめて焼いたものです。こちらがトマトソースとたまねぎ、ベーコンのもので、隣が卵とベーコンとチーズのものです」

カルツォーネは二種類作った。

生地の閉じ方の模様で見分けがつくようになっている。

トマト味のものは縁《ふち》を指でねじっていて、卵のほうはフォークを押しつけた凹凸がついている。

レオナール殿下はよほど珍しく思ったのか、カルツォーネをじっと見つめる。

食べたくないならば無理強いはしないが、興味がないわけではないようだ。

万が一、毒が盛られていた場合のことを心配しているのかもしれないと思った。

水面下で多くの人が動いているならば、そういうこともあり得るのかもしれないと頭をよぎる。

私は卵のカルツォーネの方を掴むと、両手でしっかり持って半分に割った。

「半分ならどうですか？　残りは私が食べます。驚いたらお腹すきましたし」

「……じゃあもらおうかな」

レオナール殿下が手を伸ばしたほうのカルツォーネを渡す。

手づかみでそのまま齧りつくのはあまり行儀がいいわけじゃないけど、ピクニックだしパンの一種だと思えばそれほどおかしくはない。

レオナール殿下よりも先に私はあむっと齧りつく。冷めているがそれでも外側のパリッとした食感はそのままで、噛むともっちりとした生地が小麦の甘さを引き立たせている。

中のとろっとした卵と、ベーコンとチーズの組み合わせも最高だ。

サンドイッチとは違い、生地と一緒に焼き上げていることで一体感もあるし、ボリュームも満点だ。具材が包まれているので中身がサイドから飛び出してくる心配もないので食べやすい。

ふた口食べたら、お茶を飲む。

ちらりとレオナール殿下のほうをのぞき見ると、彼もゆっくりとではあるがカルツォーネを食べ進めていた。

だんだんひと口が大きくなっていくところをみると、口に合ったらしい。

その様子に私はホッとする。

そして、レオナール殿下は私が食べ終えるより先に完食する。

「あのもうひとつ、食べます……？　スコーンもありますけど……」

テオも見当たらないし、私も全部は食べきれない。

「では、もらおうかな」

そう言って、レオナール殿下はもうひとつのカルツォーネを手に取った。

「きみも半分食べるかい？」

「いえ、全部食べてしまって大丈夫ですよ」

「そうか。じゃあいただくね」

殿下は半分に割ってから片方ずつ食べ始める。

……よっぽどお腹が空いてたのかな……？

食べてくれる分には嬉しい。王妃様からの依頼も思いがけず達成しているし。

でも、なんかあっさり食べてくれたことに肩透かし感がある。

小食とか偏食なのかなと思ったけど、そんなこともなさげ……？

内心で首を傾げながら、レオナール殿下の空になったティーカップにおかわりを注ぎ入れる。

それからレオナール殿下はカルツォーネをぺろりと平らげ、スコーンもひとつ食べてしまった。

「きみは母から私に食事をとらせるために派遣されたんだったけ？」

「そうです。……あの、そろそろきみというのはやめていただけると……。一度自己紹介しましたが、覚えていらっしゃらないかもしれませんが、私はアイリーン・フリートウッドです、レオナール殿下」

「アイリーン嬢だね。僕のことは殿下とつけなくてもいいよ」

「ではレオナール様、とお呼びしてもよろしいでしょうか」

「ああ。……そうだ、せっかくだしこれからも何か作ってくれると嬉しいな」

「それはいいですが……」

「厨房もお好きにどうぞ。では、日が暮れないうちに離れに戻るといいよ」

「あ……」

レオナール様はすっと敷布から立ち上がるとあっという間にいなくなる。

まさかの展開に私は唖然としながら、しばらくその場で固まっていた。

五、変化のオニオングラタンスープ

第二王子が私が作った料理を食べるという急展開にとても驚いていたけど、寝て起きると「つまりはおいしい料理を作ればいいわけね」と気持ちがストンと落ち着いた。

なので今日も王妃の願い応えるべく、お料理に励む。

カルツォーネの感想は特になかったものの、レオナール様はおかわりをして、その上で完食をしていたってことは、おいしいと思ってくれたってことなのかな……？

真意は不明だが、ポジティブにそう捉えることにしよう。

そのほうが料理のモチベーションも上がるというものだ。

でも、今日はお菓子を中心に作ろうと考えていた。なので食事はちょっぴり手抜き。

「今日は何を作るんですか？」

「今日はね、サンドイッチを作ります」

「え、サンドイッチですか……？」

この世界でもよく食べられる料理名にエマは拍子抜けしたように呟いた。

「その代わりに今日はお菓子をたくさん作ろうと思っています」

「お菓子っ！」

私の言葉にエマは途端に目を輝かせた。その変わりっぷりが潔くて私は小さく笑う。

「まずはサンドイッチからですね。王妃宮の料理長がたくさんパンをくれたので、それを使っていきましょう」

パンがたくさんあるからというのも、サンドイッチを作る理由でもある。

なぜか今日に限ってエマは大量のパンを持ってきた。昨日の午後の空いた時間、エマは王妃宮の厨房に行っていたらしく、そこで料理長にピザの話をしたらしい。

エマは『いっぱいパンをもらいました！』と朝から笑っていたが、私が予想するにピザの話に触発されてたくさんのパンを焼いたのではないかと思う。

意外と負けず嫌いだからなぁ、料理長……。

そのおかげで今日は少し楽ができる。

こちらの世界には便利な調理家電もないからすべてが手作業。だから、料理を作るのにも結構手間がかかるのだ。

「では、今日もエマにはマヨネーズをお願いしようかしら」

「了解です！」

彼女の大好きなマヨネーズはお任せだ。もう何の指示をしなくてもエマはテキパキと材料や調理器具を用意して作りはじめる。

エマが作ってくれているマヨネーズは卵サンドに使う。

卵サンドには二種類ある。

潰したゆで卵を挟んだものと、卵焼きを挟んだものだ。どちらもおいしいけれど、今日は前者を作る予定だ。

すでにコンロには火が入っているので、鍋に水を張り、そこに卵を沈める。

そして、コンロにかけて茹でていく。

半熟ではなく、しっかり黄身にも火を通すため、長めに茹でる。

その間に、私は他の具材の準備も進める。

サンドイッチは三種類作ろうと思っていて、ひとつは調理をはじめている卵サンド。もうひとつはポテトサラダサンド。これは昨日作ったポテトサラダが残っているのでそれを挟むつもりだ。

残りのひとつが、これから私が作ろうとしているハムカツサンドだ。

少しボリュームがあるサンドイッチもあればいいなと考えて、真っ先に浮かんだのはカツサンドだった。

ただこの世界では、足が速い生のお肉を手に入れるのがなかなか難しい。

なので代替え案として、ハムを使うハムカツなら作れると思ったのだ。

ハムは保存食として日常的に使うので、食材も揃っているしね。

ハムをスライスしたら、小麦粉、溶き卵、パン粉を用意する。

まずはハムの裏表に満遍なく小麦粉をつける。余計な粉は振り落としたら、次に溶き卵にくぐらせる。

最後にしっかりと全面にパン粉をつけたら揚げる準備万端だ。

大きめのフライパンに浅く油を入れる。深さにして二センチ程度だろうか。

ハムカツは薄く火の通りが早い。油もそれほど必要ではないので、揚げるのも比較的楽だ。

油が温まったところで、衣をつけたハムをそっと入れていく。

シュワッという音と共に、衣の周りに気泡が沸き起こる。

油の温度が下がりすぎないように、少し間隔をあけながらハムを入れていく。

なるべく重ならないように、トングで調整しつつ、あまりいじらずにじっと待つ。

音が変わったところでひっくり返すと衣がきれいなきつね色になっている。

裏面もさっと揚げたら、金網を重ねたバットへのせていく。

ハムの数だけ、この作業を繰り返した。

「わぁ！　おいしそうですね……！」

こんがりと揚がったハムカツにエマは目が釘づけだ。

「エマ、マヨネーズはできました？」

「はい、もちろん！」

「ではゆで卵の殻剥きをお願いしてもいいかしら？」

ゆで卵はコンロから下ろし、水にさらしているので、あとは殻を剥くだけの状態だ。

揚げ物をしている手が離せないので、その状態でストップしていたのである。

「わかりました！」

揚げたてのハムカツに心惹かれるのはわかるが、今日はまだまだ調理の途中なので我慢してもらう。

ハムカツを全部揚げ終えたら、コンロから油の入ったフライパンを下ろし、安全な場所に移動させた。

食事がサンドイッチだけだとさすがに味気ないので、スープも作ることにする。

玉ねぎがたくさんあったので、今日はオニオンスープにしよう。

生だと辛みのあるたまねぎだけど、じっくり火を通すととても甘くなる。あの味わいがとても好きだ。

私はたまねぎを四個取り出すと、皮を剥き、頭と根元を切り落とす。

さらに半分に切ったら、いつもとは違い、繊維と垂直になるように薄くスライスしていく。

たまねぎを飴色に炒める時は、繊維に沿って切るより、断ち切るようにスライスするほうが水分が出やすく、早く仕上がるのだ。

どうにか二個切ったところで、私に異変が起きた。

「う～……！」

目がしみる……！

たまねぎは好きだけど、切っているとじわじわと目にしみる。これだけは何度やっても好きになれない。

「あ、アイリーン様！」

「エマ、目がね……！」

切っている途中だから手で擦ることもできないし、私はただぎゅっと目を瞑り、ツンとして出てきそうになっている涙をこぼすまいと抗う。

「アイリーン様、私が代わります！」

「うう、じゃあよろしくお願いします……」

私はエマにバトンタッチする。目を開けられないとたまねぎも切れない。

手を洗い、エプロンで目元を拭う。切るのをやめてもまだしみている気がする。

交代したエマはテキパキと切っていく。

私と同じ二玉を切り終えてもしみる様子もなくけろっとしていた。

たまねぎのしみる成分の効き目には個人差があるらしいが、エマは効かないタイプなのかもしれない。とてもうらやましい。

たまねぎのスライスが山ほどできたところで、いよいよ炒めていく。

こんなにあるたまねぎも、じっくり火を通すとかさが減ってしまうんだよね。

鍋にスライスしたたまねぎをいれ、はじめは強火で水分を飛ばすように炒める。焦げ付かないように木べらで炒めるのだが、これがなかなか大変だ。

「アイリーン様、代わりますよ！」

動きが鈍くなってきた私を見かねて、再びエマが交代してくれる。

たまねぎが少ししんなりしてきたところで、火加減が弱いところに鍋を移動させ、ここからはとにかく炒め続ける。

「アイリーン様、これっていつまで炒めるんですか？」

「飴色になるまでですよ」

そう、目指すは飴色たまねぎだ。

「飴色というのは……」

エマは飴をみたことないから色がわからないらしい。

「例えるなら蜂蜜と紅茶の間の色ですね」

「え！　それって焦げてるっていいませんか⁉」

「それが大丈夫なんですよ！　それくらいになったらたまねぎは信じられないくらい甘くなるんです」

「そんなにですか？」

「きっと驚くと思います」

私がそう言って笑ってみせると、エマは小さく「よし！」と呟く。

どうやらやる気が出たらしい。

さっきよりも心なしか元気よく木べらを動かす。

さっきはマヨネーズを作るために長時間泡立て器を使っていたのに、今度は木べら。

食料や薪を運んだり、朝から準備をしてくれているエマは驚くほど元気だ。

エマのそのパワフルさにいつも助けられているなぁと思う。

たまねぎが飴色になったら、おあずけしていたハムカツの味見をしてもらおうと心の中で思った。

「これくらいでどうですか？」

「完璧ですよ、エマ！」

鍋の中にはあれだけあったのが信じられないくらいかさが減ったたまねぎ。しっかり飴色になっていて、ややペーストに近い状態になっていた。

「ここにスープストックを加えて煮立たせます」

エマがいつも作ってくれているスープストックを注ぎ入れ、強火にかける。

「他に具材は入れないんですか？」

「今日はせっかくなのでたまねぎだけにしましょう。まずはシンプルに味わってほしいです」

はじめて飲んだら、まさかたまねぎだけとは信じられない奥深い味に驚くことだろう。その衝撃を一度感じてほしいのだ。

沸騰したら塩とこしょうで味を調えてスープの完成だ。

「エマ、少し味見してみますか？」

「いいんですか⁉」

「炒めるのを頑張ってくれたのはエマですから！」

小さい器にレードルで少しだけ掬い入れると、それをエマに渡す。

「熱いので気をつけてくださいね」

私もほんの少しだけ味見することにする。自分の分を器に注ぐ。

エマは律儀にも私を待ってくれているので、一緒に味見する。

あの目を刺すような辛みはまったくなく、優しくさっぱりとした甘みが口いっぱいに広がる。

エマの反応が気になって、彼女を見つめる。

「……⁉」

ひと口飲んだエマは目を大きく見開き、無言で固まっている。すぐに動き出すと、爛々とした目を向けてくる。

「すごいです！　たまねぎじゃないみたい！」

エマの言わんとすることもわかる。生のたまねぎとはまったく味が違うのだ。

「飴色になるまで炒めなければならないのでとても大変ですが、作った甲斐がある味でしょう」

「はい！　すごくおいしい！」

これだけ感激してくれると私も嬉しい。ほとんどの作業はエマがやってくれたけれど、提案してよかったと思う。

「さあ、サンドイッチも仕上げちゃいましょう」

「あっ、そうでしたね！」

オニオンスープに夢中になるあまりサンドイッチのことを忘れていたらしい。

エマにふふっと笑って、私はサンドイッチ作りに意識を切り替えた。

途中だったゆで卵の処理は引き続きエマにお願いする。

殻を剥いたゆで卵はざっくりとフォークで潰し、そこにエマ特製のマヨネーズと塩こしょうを加え混ぜる。

これで挟む具材はすべて揃った。

あとは挟んでいくだけ。

エマがスライスしたパンにバターを塗ってくれる。パンは耳の部分は残す。

耳は食感が硬いが、その分具材を挟んだときに安定するからそのまま使う。

まずはハムカツから挟んでいく。

バターを塗ったパンに、ハムカツをのせ、その上に昨日ピザに用に作ったトマトソースをかける。

本当はとんかつソースがあればいいのだが、この世界にはないので残ったピザソースで代用した。

ケチャップに近い味なので、ハムカツとも合うだろう。

次は卵。

パンの中央にこんもりとのせたら、平らに均す。なるべく空洞ができないように、しっかりとパン同士を重ね合わせる。

ポテトサラダも要領は一緒で、ごろっとしたじゃがいもが一カ所に固まらないように広げていく。

全部挟んだら、半分に切る。

正方形ではなく山型の食パンなので、真ん中で切るのがいいかもしれない。

まずはよく切れるナイフを温める。

サンドイッチを切るのはなかなか大変だ。何しろ失敗すると具材が飛び出してしまう。

片手でパンの耳を押しつけるように固定したら、手前に引くように切る。

ハムカツのサクッとした手応えを感じながら、最後まで包丁を引くと、サンドイッチはきれいに半分に分かれた。

サンドイッチの良いところは断面だろう。

「ここがおいしそうなのよね」

見るとパンとパンに挟まれたピンクのハムと衣の層があった。その横にはピザソース の赤い色が覗いている。

一度汚れたナイフを拭いて、次々に切っていく。

全部切り終えるとたくさんのサンドイッチができあがった。

「サンドイッチといっても、完成度が高いですね……！」

「簡単だけど、具材は本当にいろいろな組み合わせができるから奥が深いですよ」

はじめ今日作る料理がサンドイッチと聞いてエマは期待外れのようだったが、作って見ると意外と手間がかかるし、挟む具材によってボリュームも違ってくる。

「それじゃあ、時間もお昼ですし、サンドイッチとスープでお昼にしましょう」

「はい！　マリオン様を呼んできますね」

そう言って、エマは嬉しそうに厨房から出ていった。


午後は離れから本館に移動し、今日作りたかったお菓子を思いっきり作る。

やっぱり焼き菓子の王道といえばなんと言ってもクッキーだ。

バターの香りとさくっとした食感がたまらない焼き菓子を代表するお菓子である。

乾燥した庫内で焼き上げる必要があるため、薪釜とは相性ぴったりだ。

なので今日も本館の薪釜を使おうと思っている。

「さて、エマは薪釜の準備をお願いします」

「はい！　コンロは使いますか？」

「今日は薪釜だけで大丈夫」

「了解しました」

エマは何度か目の薪釜の準備ということもあって、テキパキと作業を開始する。

薪釜の取り出し口の鋳物の蓋を開けると、薪を入れて釜の中で組む。そこに着火用のおがくずを入れたら、火打ち金を使って着火する。

言葉にすると簡単だが、火打ち金を使って火をつけるのは容易なことではない。

正直私には無理だ……。

火打ち金を打ちつけると小さな火種がおきる。それをうまくおがくずの上に落とし、引火させていくのだ。

火がつきかけのときは、ふいごという道具が活躍する。

ふたつの取っ手を動かすことで、その取っ手をつないでいる皮の中に空気が入り、それが取っ手とは逆側の先端から勢いよく放出される仕組みだ。

一点に集中して空気が出るので、小さな火種にたくさん酸素を送り、火をしっかり燃焼させる。

ふいごで空気を送ったり、止めたりと調節しているエマ。

「つきました」

そう呟いたエマの後ろから薪釜の中を覗き込んでみると、しっかりと薪に火が回っているのが見えた。

さすがエマだ。

「ん？　アイリーン様どうしたんですか？」

「いえ、エマは火をつけるのが上手だなと思いまして。すごく難しいのに」

「えへへ、これだけは得意ですからね！　料理の方はまだまだですが！」

「料理もとてもがんばってるじゃないですか。エマがいないと私はとても困ります」

「そう言ってもらえて嬉しいです！　私の方こそアイリーン様にこちらに来る際にお誘いしてもらえるとは思っていなかったので、少しでも役に立ててたらなぁって。いつもおいしい料理を食べさせてもらえてますから、どちらかというと私のほうが得してますよね！」

にっこりと笑うエマに、私の心はとても癒やされる。

本当にエマが一緒に来てくれてよかった！

「ではクッキーを作りましょうか」

クッキーとひと口に言ってもいろいろな種類がある。

型抜き、アイスボックス、ドロップなど作り方による種類もそうだし、サブレ、ガレット、ラングドシャなど食感による違いで分類されるものもある。

またアイシングクッキー、チョコチップクッキーなどトッピングや中に練り込むものでの違いもあった。

バラエティに富んでいるからこそ目で見ても楽しいし、さらにおいしい。

老若男女に愛されるお菓子だと思う。

しかも水分があまりないから保存できる期間も長いという、とても嬉しいお菓子だ。

さて、今日はその中でも比較的簡単に作れるドロップクッキーを作ろうと思う。

材料はバター、小麦粉、砂糖、卵。

プレーンなものとナッツを混ぜ込んだもの、二種類を作ろうと思う。

まずボウルに常温に戻したバターを入れ、クリーム状になるまでよく練る。そこに砂糖を加えたら、白っぽくなるまで泡立て器でしっかりとかき混ぜる。

次に、卵をよく溶いておき、ボウルの中に数回に分けて加えていく。加えるたびにしっかりと混ぜるのがコツだ。

いっぺんに加えると卵とバターが分離してしまう。

そのため少しずつ馴染ませるように加えていく必要があるのだ。

最後によく篩った小麦粉を加えたら、へらに持ち替えさっくりと混ぜる。

ボウルの壁をなぞるように、そして生地を切るような感じで混ぜるのがポイントだ。

粉っぽさがなくなったらプレーン生地は完成。

ここでできた生地を半分に分けると、片方に刻んだナッツを加えてざっと混ぜた。

これで二種類の生地の準備が整った。

エマには薪釜の様子を見てもらい、私は最後の成形。

薪釜で使う用の鉄板に、スプーンで掬った生地を等間隔に置いていく。

クッキーは少し膨らむので、ある程度間隔に余裕を持たせておくのがポイントだ。

鉄板二枚分に生地をのせ終えると、エマも準備が整ったらしい。

まだ薪釜の中には火が残っているが、それをエマは火かき棒で隅に寄せる。

鉄板を置くのはその火から離れた場所。

あまり近すぎると火力が強くて、表面だけ焦げてしまうので注意が必要だ。

エマに鉄板を薪釜の中に入れてもらうと、あとは焼き上がりを待つだけだ。

バターが溶ける魅力的な匂いが厨房に広がる。

「はぁ、クッキー楽しみですね……！」

待ちきれないのか、エマは薪釜の取り出し口の前でクッキーが焼き上がる様子を見ている。

そんなところにいて熱くないのかなと思うが、熱さよりも食欲の方が勝るのだろう。

私はエマがクッキーを見ている間に、次のお菓子を作る準備をしておこう。

もうひとつのメニューはマフィンだ。

パンのようなイングリッシュ・マフィンではなく、カップケーキ状のものである。

材料はクッキーとあまり変わらないが、マフィンには牛乳も使う。

作り方もクッキーとよく似ている。

まずは室温に戻したバターをクリーム状にし、砂糖と入れて混ぜる。白っぽくなるまで混ぜたら溶き卵を数回に分けて加え、その都度しっかり混ぜていく。

ここまでは同じだ。

次に小麦粉を半分と牛乳を半分入れ、混ぜる。ダマがなくなるように混ぜたら残りの半分も入れて、しっかり混ぜるのだ。

できあがったのは、クッキーよりも水分を含むとろっとした生地。

あとはこれを型に入れて焼けばプレーンマフィンができる。

今回はプレーンなものは作らず、二種類のフレーバーにしようと思う。

生地を半分に分けたら、片方には細かくすりつぶした紅茶の葉を入れて、混ぜる。

こちらはこの状態で型に入れていく。

もう一方の生地はプレーンな状態のまま型に入れる。

そしたら、そこに料理長特製のイチゴジャムをスプーンで掬い、ポトポトと落としていく。最後に生地に差し入れたスプーンで右に一回転。

するとほどよいマーブルのマフィンになるのだ。

「アイリーン様、クッキーそろそろ良さそうですよ！」

薪釜でクッキーを見ていたエマが知らせてくれる。

私も薪釜の方へいき、中を確認するとクッキーの表面がうっすらときつね色になっているのが見えた。

「よさそうですね！　取り出しましょう」

「はい！」

エマは火かき棒を持つと、鉄板の縁に棒の先端を引っかけてうまい具合に手前に引く。そして、分厚いミトンを手にはめて鉄板を取り出した。

「はぁ、いい香り……！」

手に持っているクッキーからふわりと香ばしい香りが立ち上るのだろう。

うっとりとその匂いを胸いっぱいに吸い込んでいる。

「ふふ、堪能するのはいいですが、もうひとつも取り出してくださいな」

「はっ！　そうでしたね！」

クッキーをのせている鉄板はふたつある。もう片方はまだ薪釜の中だ。

エマは私の言葉にハッとすると、鉄板を調理台に置き、ふたつ目の鉄板を取り出す。

「両方ともいい感じですね」

私は二種類のクッキーを見て言った。

ただ、クッキーは焼きたては食べられない。

焼きたてのクッキーは、柔らかい。クッキー特有のサクッとした食感はある程度冷めてから生まれるのだ。

そのため、鉄板にのせた状態で粗熱が取れるまで放置だ。

その間にマフィンも焼き上げる。

鉄板に型に流し込んだマフィンを並べる。型は金属製のプリンカップのような感じで、あまり大きくないのでこれも鉄板にのせたほうが薪釜に入れやすい。

私が並べたものをエマが薪釜に入れてくれる。

薪釜の中の、クッキーを焼いていた位置にマフィンの鉄板も置いてもらった。

「よし、あとは焼き上がりを待つだけですね」

「クッキーもマフィンも楽しみです……！」

料理を作る最大のご褒美である味見がエマは待ちきれない様子だ。

いつものことではあるが、本当に食いしん坊で私は自分のことを棚に上げて笑ってしまった。

「そういえば、やっと第二王子とお会いできたんですよね？」

マフィンの焼ける様子を見ていると、ふとエマが思い出したように言った。

「そうなの。昨日たまたまお会いできてね。ちょうど持ってたカルツォーネとスコーンを食べてもらうことに成功したんです！」

「わー！　おめでとうございます！　王妃様のご依頼達成の第一歩ですね！」

エマが自分のことのように喜び拍手してくれる。

「本当に偶然だったのだけれどね。おいしいとかは特に言われなかったんだけど、これからも何か作ってほしいとは言ってくれて……」

「それって確実においしかったんじゃないですか！　アイリーン様の料理が全部おいしいのは私はよく知ってますけど！」

「そうだったら嬉しいわ。……でも、作った料理はどこに持って行ったらいいのかしらと思って」

それが問題なのだ。

ここの厨房に置いておいても、おそらくレオナール様はこちらに来るわけがないし。かといって執務室に置いておくのも、あまりよくない気がした。

正直、侍従長のノーマンがよくわからない。

レオナール様の味方なのか敵なのか。

侍従長は主人のお世話をして屋敷を統括する使用人だ。その人が〝第一王子派〟と繋がっている使用人をそのままにしている。

レオナール様はそんな使用人がいるということを把握しているようだが、ノーマンの立ち位置がどうなのかがわからない以上、レオナール様に食事を間接的に届けるというのはダメな気がした。

「どこでお会いになれるかわかりませんしねぇ。執務室に置いておいたら誰かが毒を盛る可能性もありますし」

エマから毒という言葉がするっと出てきて私はぎょっとする。

私の反応にエマは「王宮のキッチンメイドなら常識ですよ～」と軽く言った。

「陰謀渦巻く宮中では、毒の混入が昔から起こってます。なので料理に関わる使用人は自衛もしますし、毒の知識もある程度持っていることが採用の条件なんです」

「そうだったの……！」

「毒を入れた犯人として真っ先に疑われるのは料理人とキッチンメイドですからね。迷惑な話ですが、知識がないと知らずに入れてたなんてことも起きちゃいますし……。お給料はメイドの中でも高いほうですが、同時にリスクも高いポジションなんですよ、キッチンメイドって」

エマの話は正直驚きだった。

王宮では毒がごく近くにあること。それを知っていて、しかもしっかり意識していること。

それが私にとっては現実味がまったくなくて……。

お茶会の作法で、毒が入ってないことを示すために招待した側がまずお茶やお菓子を口にするというものがある。平和ボケしていた私の認識では、あくまで形骸化したマナーの範疇であった。

でも、ここでは毒を盛られるというのは現実に起こることなんだ。

両親や側仕えから毒があることや簡単な知識は教えてもらっていた。

しかし、前世での記憶やこれまで毒と接してきた経験のなさから、何の危機感を持たずにいた。

その認識がエマのおかげでがらりと変わった気がする。

「すごいですね、エマは……」

「いえいえ、そんなすごくないです！」

「私にはない考えでしたし、とても為になりましたよ」

「そうですか……？　だったら嬉しいですけど」

えへへ、とエマは照れたように笑う。

そんなことを話しているうちに、薪窯の中のマフィンはもこもこと膨らんでくる。

はじけるようにてっぺんが割れ、さらに膨らみが増していく。

ある程度膨らむとそこで止まり、表面に焼き色がついていった。

「中まで焼けているか確認しましょう」

エマに鉄板を引き寄せてもらうと、串でマフィンを刺してみる。中まで焼けている場合は引き上げた串の先がきれいなはずだ。

「うん、もうよさそうです」

串の先はきれいだった。

「ではこのまま取り出しちゃいますね！」

ふっくらと膨らんだマフィン。

イチゴジャムの甘酸っぱい香りと、紅茶の上品な香りが厨房に広がる。

「粗熱が取れたら、型から取り出しましょう」

「はい！」

エマはすべての鉄板を取り出すと、薪窯の後片づけをしてくれる。このまま燃やし尽くしても危険ではないが、一応あまり燃えないようにしておくのだという。

私の方は、冷めたクッキーを確かめる。

触ってみるとしっかりと硬くなっている。

「終わりました！」

エマが来たので、私はクッキーをひとつずつ渡す。

「はい、いつもの味見ですよ」

「やったー！」

本当に嬉しそうに笑ってエマはクッキーを頬張った。

粗熱の取れたマフィンも型から外し、潰さないようにバスケットいっぱいに詰める。

王子宮の厨房を片づけたら、私とエマは離れに戻る。

マリオンを交えて夕飯を済ませ、寝る支度をしようかなという時間帯になったところで、離れにお客様が現れた。

——コンコン
ドアノッカーで玄関を叩かれる音が響く。

誰かがくる予定などはなかったので、一緒にいた私とマリオンは顔を見合わせる。

不審に思いながらもマリオンが恐る恐る「はい、どなた様でしょうか？」と玄関ドア越しに答えた。

「僕だ、開けてもらえないか？」

名乗らない相手にマリオンは不信感を強め、一層訝しい表情になる。

しかし、私はその声に心当たりがあった。

「マリオン、入れてあげて」

「しかし、いいのですか……⁉」

「大丈夫だから」

私の言葉にマリオンは渋々ながらも玄関のドアを開ける。

ドアの向こうにいたのは、レオナール様だった。

「夜分にすまない。入ってもいいかい？」

「ええ、どうぞ」

周りを窺うようにして入ってくるレオナール様を迎え入れる。

「お邪魔しますよ」

レオナール様に続きそう言って入ってきたのは、テオだった。

「あら、テオもご一緒なんですね」

「ああ、それについても説明するよ。……ところで何か食べさせてもらってもいいかな？」

にこりと笑って言ったレオナール様の言葉に、私は目を見開いた。

「エマ、大変です！」

自室に下がったエマを急いで呼び戻し、コンロに火を入れてもらう。ランプの明かりから火を取ったので、すぐにコンロは火がついた。

「ええと、食事といってもこれから手の込んだものを作るのは難しいし……」

なにせ時間が時間だ。

手早く作れるものがいい。

残っていてすぐ食べられるものと言えば、オニオンスープとパンくらいだ。

「オニオンスープ……、あっ！」

私はあることを思いつく。

「エマ、オーブンに入れても大丈夫な器ってあるかしら？」

「どのくらいのサイズですか？」

「手のひらくらいで深いものがいいわ」

「じゃあ、これとかどうですかね？」

エマが見せてくれたのは厚さのある陶製の器で、深さがあるものだ。サイズもちょうどいい。

「それを使いましょう」

私はその器をふたつ用意してもらうと、そこへ温め直したオニオンスープを注ぐ。

その上に残っていたパンを薄くスライスして載せ、仕上げにチーズを振りかける。

「エマ、これをオーブンで焼いてもらえますか？　チーズが溶けるくらいでいいわ」

「はい！」

私が思いついたのはオニオングラタンスープだ。パンとオニオンスープ、チーズがあればできる。

ただこれだけではさすがに成人男性ふたりのお腹には物足りないだろう。

そこでもう一品作ることにした。

まずはじゃがいもの皮を剥くと、一センチ角に切り、たまねぎとベーコンも同じ大きさに切る。

卵をよく溶きほぐし、塩こしょうでしっかりめに味をつけておく。

フライパンをよく熱してからやや多めに油を引くと、はじめに切ったじゃがいもとたまねぎを入れ、炒めていく。

だいたい火が通ったらベーコンも入れてさらに炒める。

そこに溶き卵を加える。ざっくりと混ぜながら半熟になるまで火を通したら、コンロの弱火のほうにフライパンを移動させ蓋をする。

ゆっくりと火が通り、表面の卵が固まったら完成だ。

お皿をフライパンにかぶせひっくり返すと、きれいな焼き色が顔を出す。

できあがったのはスパニッシュオムレツだ。

ただのオムレツより、たっぷり具材が入っている分お腹にたまると思ったのだ。スパニッシュといってもこの世界では伝わらないので、ふたりにはじゃがいものオムレツと伝えよう。

「アイリーン様、こちらもよさそうですよ！」

エマがオーブンから取り出してくれた器には、とろりと溶けたチーズがとてもおいしそうなオニオングラタンスープができあがっていた。

「あとは盛りつけてお出ししましょう」

調理にかかった時間は十五分ほど。その間、マリオンがお茶を出してくれていた。

「お待たせいたしました」

声をかけると、テオと話していたらしいレオナール様がこちらに顔を向けてくる。

「マリオン、給仕をお願いします」

「はい」

マリオンに声をかけると、彼女は料理ののったトレーを持つが、そこで逡巡《しゅんじゅん》する。

毒味をどうするか考えているのね……！

こういった場合、本来ならばまず側仕えが毒味をしてから主人に料理を出す。

しかし、テオは使用人ではあるが側仕えではない。

どうしようか考えているマリオンの視線がうろうろしている。

「あー、俺が毒味するからマリオンちゃん、こっちに」

「へっ……⁉」

テオの呼びかけに、マリオンは驚きのあまり変な声を出した。小さく「ちゃん……？」と呟いてもいる。

しかし、その言葉に従って、彼の元へ料理を運ぶ。

「いいですよね、殿下？」

「ああ」

レオナール様が了承しているならばと、私は料理の説明をすることにした。

「お出ししたのは、じゃがいものオムレツとオニオングラタンスープです。熱いのでお気をつけて召し上がってください」

テオがレオナール様の分の料理をひと口ずつ食べる。

まずオムレツをフォークで掬うと口に運んだ。

「……うまっ！」

毒味のはずなのに思わず出たのか、感想がこぼれる。

「テオ……」

レオナール様は呆れたように彼の名前を呼んだ。

「すみませんね」

あまり悪びれもなくテオは言うと、次にオニオングラタンスープに手を伸ばす。

スプーンで掬ったスープを食べた途端「あつっ！」と声を上げた。

どうやらまだ熱々だったらしい。

軽くやけどをしたのか、お茶を飲んで痛みを紛らわせている。

「いいのか、テオ。さすがに空腹なんだが？」

「はいはい、大丈夫ですよ。そもそも毒なんて心配してませんでしたがね」

「まあ、念のためだ」

気安いふたりのやりとりに私は驚いた。

テオが毒味をしたものはレオナール殿下の前へ運ばれ、テオには新しい料理が出された。

昨日は、なんの感想もなかったからおいしいと思ってくれたのかわからなかった。

私はドキドキしながらレオナール様が食べる姿を見守る。

テオと同じように、オムレツをひと口食べてから、オニオングラタンスープをスプーンで掬う。

テオというテスターがいたためスープが熱々だと知っている彼は、ふーと息を吹きかけてから、慎重に口に運んだ。

音も立てずきれいな動作でスープを飲んだレオナール様は目を見開いた。

そして、再びオニオングラタンスープを掬う。

「あの、できれば中に入っているパンを崩して一緒に召し上がってみてください」

「中に入っているこれはパンなのか……」

まさかスープの中にパンが入っているとは思っていなかったのだろう。

まじまじとスープの中を見つめている。

でもその目には好奇心があふれているように輝いていて、すぐに私の助言通りパンを一緒に掬い上げる。

しかし、今度は十分に冷ます前に口に含んでしまったらしい。熱そうにハフハフしている。

それでもゆっくりと口の中で味わっているうちにちょうど良くなったのか、ホッとしたように咀嚼する。

チーズも絡めつつ、オニオングラタンスープを飲み進めるレオナール様。

どうやらオニオングラタンスープをかなり気に入ってくれたようだ。

そして、スープが半分ほどなくなったところで、ハッとした彼は、放置していたオムレツも食べはじめた。

一方で、テオは、両方の料理をガツガツと食べ進めている。

時折、「うまっ！」という声が聞こえてきて、素直な賛辞に嬉しくなる。

やがてふたりともペロリと平らげた。

マリオンがお茶を淹れ直してくれて、レオナール様もテオもひと息ついた。

「アイリーン嬢、こちらに座ってくれないか？」

レオナール様は私を呼ぶと、お誕生日席に座る自分の横の席を示す。その席の向かい側にはテオが座っていた。

「マリオン嬢もかけてくれ」

マリオンも呼ばれ、私が座ると、マリオンは私の隣に座った。

「まずは急に訪ねたにも関わらず、食事を用意してくれて感謝する」

「いえ、即席の料理で申し訳ありませんが……」

「十分だよ。とてもおいしかった」

そう言って、彼はうっすらと笑みを浮かべた。

いままでの緊張が解けたのか、その瞬間、私の心臓がドキッと高鳴った。

レオナール様は王子だけあって、顔立ちが整っている。

金色の髪に碧の瞳。

王国軍の一隊を任されているだけあり、体は鍛えていて、ムキムキではないが、しっかりとした体つきをしている。

しゃんと伸びた姿勢は堂々として見えた。

そんな人が微笑んで、心が動かない女性はいないと思う。

決して恋ではないけど、とびっきり上等な目の保養だ。

「お口に合ったのでしたら嬉しいです」

特にオニオングラタンスープは食べる手が早かったから、今度機会があればまた作ってあげるのもいいかもしれない。

「今日訪ねてきたのは、アイリーン嬢に是非とも相談があってのことだ」

そう前置きして、レオナール様は話し出した。

「アイリーン嬢は、私の母から食生活を改善するように言い遣ってここにやってきたんだよね」

「はい、そうです」

「では、母の望み通りではあるが、アイリーン嬢は私に料理を作ってくれるという認識でいいんだよね？」

「ええ、レオナール様が食べてくださるのでしたら」

「それでは、私がこの離れを訪れるので、今日のように料理を出してくれたら助かる」

「……えっと、それは王子宮ではダメなんですか？」

「その理由は、昨日きみが聞いたアレのせいで、ちょっと困るんだ」

〝第一王子派〟の使用人にはあまり知られたくないってことなのかな……？

昨日レオナール様と会ったことは話したけど、〝第一王子派〟についてことはまったく話していなかったから、マリオンからの視線が痛い。

「できたらひっそりこちらに来るので、作った料理を食べさせてもらいたい」

「それはもちろんいいですが、食事は毎日用意すればいいでしょうか？」

「それについてはテオに伝言を頼むつもりだ」

「殿下が来られない日は俺が知らせるようにするから」

テオはそう言って、緩く笑う。

何というか、テオは庭師と言っていたけれど、本当にそうなんだろうかという疑問が湧いてくる。

年齢もぱっと見は私と同じくらいに見えたけど、その割に話してみると、態度や振舞いかたはどっしりしていて若い感じがしない。

口調だけ聞けばまあ、若いっていうか軽いっていうか、そんな感じなんだけど……。

テオにうまく言い表せない違和感を覚えるけれど、レオナール様が信用して伝言役を頼むのであれば私に異論はない。

私の料理を素直においしいと言って食べてくれるのは嬉しいし。

「わかりました」

「あと向こうの厨房もこれまで通り好きに使っていい。もし必要な材料があればテオに言ってくれればいいから」

なんと！　レオナール様から正式に厨房を使える許可をもらえるなんて！

しかも材料も支援してくれるとは……！

これまでは王妃様からの依頼ということで王妃宮から食材を譲ってもらっていたが、これからはそうしなくてもいいということだ。

それにしても、庭師なのに食材の調達もするってテオは何者なんだろう……？　レオナール様へのあけすけな態度も妙に引っかかる。

「とても助かります。もし食べたいものがありましたらおっしゃってくださいね」

「ありがとう。それじゃあ、今日はお暇しようか。ごちそうさま」

そう言って、レオナール様は立ち上がる。

「そうだ、よろしければこちらもお持ちください」

私はマリオンに言って、バスケットを用意してもらう。

その中に、今日たくさん作ったマフィンとクッキーを詰めた。

「マフィンとクッキーです。お茶のお供によろしければどうぞ」

「……ああ、せっかくだしいただこうかな」

マリオンが差し出すと、テオが受け取ってくれる。

玄関まで見送りに行くと、「では、また」と言って、レオナール様は離れから帰っていった。

「は～……！　びっくりした！　突然いらっしゃるなんて……！」

「王子殿下とはいえ、やや不謹慎な気もしますが……」

マリオンは未婚の女性のもとに、男性が夜訪問してくることが不満のようだ。

ただ、ここは王子宮の中なので、レオナール様の好きにしても文句は言えない。そこに一時的に滞在させていただいているのは私たちの方なのだ。

「まあ、王妃様からの依頼はとても良い方向に進んでいるのだからいいじゃない？」

「そうですが……」

腑に落ちないマリオンを励ますように言って、私は食堂に戻る。

私も思うところがないわけではない。内心でトントン拍子に行き過ぎていると感じていた。

でも王妃様の依頼はこなしたい。王妃宮での厨房使用権と結婚がかかっている。チャンスであるなら乗るべきだ。

今日までは、ただ自分が作りたいものを作っていたが、明日からは厨房を好きに使えるし、レオナール様の食事改善のためにもっと献立を考えなければ。

急にやるべきことが増えた気がして、私のやる気スイッチがオンになる。

「マリオン、明日から忙しくなりますよ！」

ちょっと心配性な側仕えに激励を飛ばし、私はエマのいる厨房へ向かった。

＊　＊　＊

「もう、なんなのよ……！」

ここ数日厨房から香ってくるいい匂い。

今日はスイーツを作っているのか、甘い匂いでことさら魅力的だった。

「我が物顔で楽しそうに料理をして、こんな匂いまで振りまいて……！」

こっちにしてみれば、地味な嫌がらせでしかない。

そのくせ作った料理は食べられるわけでもない。

彼女たちが去った後に厨房に行ってみたが、いつも通り自由に食べろと言わんばかりに質素なパンとハムとチーズがあるだけだった。

「まったくあの王子はなぜ料理人くらい雇わないのよ！」

おかげでこっちはここにきて、ひもじい生活を強いられている。

食べ物はあるけれど、毎日同じパンとハムとチーズ。

たまにそれらの種類が変わることはあっても、それはほんの少しの違いだ。

「早くこんなところからおさらばするんだから！」

仕方なく冷たく少し乾燥しているパンを頬張る。

ほぼ味のないそのパンに一層むなしさを感じながら、私は消えない鬱憤を胸の内にくすぶらせるのだった。

六、次に続くブランデーケーキ

王国軍の寮の中にある自室のドアがノックされる。

「はい」

返答をするとドアが開き、相手が入室してきた。

「ほい、お嬢様からお届け物ですよ」

そう言いつつバスケットを見せるのはテオ——僕の腹心の部下であるテオドールだ。

「『殿下が甘いものはそれほど得意じゃないと伺ったので、ブランデーケーキにしてみました』だって」

アイリーン嬢の声まねなのだろう。テオは裏声で言う。

「似てない。気色悪い」

「えー！　殿下ったらひどい〜！」

なおも女っぽいしゃべりかたを続けるテオに僕はハァとため息を吐く。

「それで頼んでいた件はどうだ？」

無駄な茶番を終わらせるべく、話題を変える。

「いやー、あちらさんもなかなか尻尾を掴ませてくれないっすね。正直難航してます」

「簡単にいくとは思っていなかったが、そうか……」

「あのシェイラってメイドがもっと派手に動いてくれたらこっちも楽なんですけど」

「手がなければ最終的にそこを攻めるしかないが、あくまでもそれは最終手段だ」

「とかいって、アイリーン嬢のことはいいんですか？　あのメイドに殿下が離れに通ってるってバレましたよ」

「布石は打てるうちに打っておかないと」

「しかし、王子宮内とはいえ、あれじゃあどう見ても婚約者にするべくアイリーン嬢を囲ってる図じゃないですか。いいんですか？　王妃様の女官をそんな扱いして」

「……あくまで王子宮内だからな。表には出すつもりはない。それに母上もそれを見越して彼女を寄越してきたんだろう」

「そうなんですかい？」

「ああ。彼女はフリートウッド家の娘だ。中立派を貫くあの一族の性質を考えると最適な人材といえる」

「へ〜。じゃあ誤算は、このうまい飯？」

「……」

「まっさか伯爵令嬢が料理上手だとはね。厨房で会ったときは驚いたもんですよ」

テオの言葉に僕は苦笑する。

〝第一王子派〟から送り込まれたメイドの動向を探っていたとき、たまたま居合わせたアイリーン嬢をどうせなら利用しようと思った。

友好を示すため、彼女が持参したカルツォーネというパンを食べたが、自分でも予想もしない展開になってしまった。

彼女の作る料理がおいしすぎたのだ。

カルツォーネを食べたときはまさか彼女自身があれを作っているとは思わなかった。腕のいいお抱えの料理人がいるのだと思っていたが、テオにも探らせて本人が作っていることがわかった。

一度食べたら忘れられないおいしさ。

カルツォーネは初めて食べたが、二種類のどちらともおいしかった。

材料を聞けば、特に特別なものは使っていないのに、だ。

外側がパリッとしているから中も同じ食感かと思いきや、反してもっちりとした弾力の生地でとても食べ応えがあった。

そして、一番の驚きは離れを訪ねていったときに振る舞われたスープ。

オニオングラタンスープというらしいが、奥深い味わいはこれまで食べたどんな料理とも違っていた。

スープなのにパンが浮かんでいて、上にチーズがかかっている。

その上、オーブンで焼くだと……！

食材の組み合わせも調理法も普通はあり得ない。

それをさも当然のように組み合わせ、新しい料理を作っているのだ。

ただ、フリートウッド家の娘と考えたら、妙に腑に落ちるということもある。

歴史の長い貴族家でありながら、政治には特出して関わらない一族。しかし、フリートウッド家は天才が多い。

ただ、その才能を特別だとは考えず、さらに野心もないため飛び抜けた偉人が出てこないというのが実状だ。

もったいないが、本人たちにその意思がないのであればとやかく言うつもりはない。

アイリーン嬢の才能もそのフリートウッド家だからと思えば、納得できる。

だからこそ王子宮にアイリーン嬢が滞在していることが表沙汰になっても、フリートウッド家の名前を出せば、婚約者だなんだという誤解もすぐ解消できるはずだ。

裏で僕の婚約者だと匂わせるのはいいが、表に出すのはまずい。

兄上の婚約者がいない以上、先に僕の婚約が整えば、"第二王子派"を勢いづかせてしまう。

そう、僕は兄上のメルヴィン王子を次の王にしたいと思っている。

兄は確かに体は弱いが、誰よりも聡明であり、統率力も持ち合わせている。

健康だけが取り柄のような僕が、それを押しのけて国王になるなんてあり得ないと思っている。

だから政治に関わらないよう、王国軍に入ったというのに、それはかえって軍よりの貴族を調子づかせている現状だ。

一方、僕がいろいろと手を回し、内情を探っている〝第一王子派〟。彼らは兄上を国王にすることによって、自分たちが大きな利益を得るように操ろうとしている。

もちろん聡明な兄上がそれに気づかないわけがない。

その上であえて、僕を国王にするために、そのことを容認しているのだ。

僕を王にしたい兄上と、兄上を王にしたい僕。

お互いが真の〝第一王子派〟であり〝第二王子派〟であるのだ。

ややこしい構図をどうにかするため、僕は陰ながら動いている。

まずは兄上についている〝第一王子派〟の貴族の裏を掴み、追い落とす。ただ、これは大事にしてしまうと、兄上を推している派閥を削ることになり、僕を推す第二王子派を増長させることになる。

だから慎重にやらねばならない。

――ここに来てフリートウッド家の娘というイレギュラーを手中にしたことが吉と出るか凶と出るか……。

「まーた難しいこと考えてるんですね。眉間に皺よってますよ～」

考え込んでいることをテオが指摘する。眉間の皺は余計なお世話だ。

「ほら、アイリーン嬢は疲れたときには甘いものがいいって言ってましたし、ウィスキーケーキどうですか？　めっちゃうまそうですよ」

「……それはお前が食べたいだけだろ」

「はは、バレましたか。めっちゃ食べたいっす！」

欲望に正直なテオに、僕は毒気が抜かれたように肩を落とす。

「食べる」

「はいはい、そう言うと思いましたよ～。アイリーン嬢がケーキはあらかじめ切ってあるのでそのまま摘まんでくださいって。いや～、気が利くなぁ」

テオが差し出してきたバスケットの中を覗くと、きつね色に焼かれた箱型のケーキが入っている。よく見ると数センチ幅に切れ目がある。

僕はそこからひと切れ取った。

断面を見ると、クリーム色の生地に散らばるようにドライフルーツとナッツが見える。そして、なんといっても特徴的なのが濃厚に香るウィスキーの香り。

どうやらウィスキーをふんだんに使ったケーキらしい。

数日前、テオがアイリーン嬢からそんなケーキがあると聞き、是非食べたいからと僕の秘蔵酒を一本奪っていった。

そのウィスキーで作ったケーキなのだろう。

おいしくなければ恨むぞ、テオ。

なかなかの年代物だっただけに、そのまま飲んだほうがおいしかったんじゃないかという気持ちが顔をだす。

しかし、これまでアイリーン嬢の作った料理で外れはない。お菓子もただ甘ったるいものは苦手だが、アイリーン嬢が作った焼き菓子は好きだ。

だから、このウィスキーケーキも自然と期待値が上がっていた。

思い切ってパクリと頬張る。

その瞬間、濃厚なウィスキーの香りが鼻に抜けていく。

かと思えば、それほど酒精は強くない。ドライフルーツの酸味とナッツの食感が噛むたびに味わいを変化させていった。

「うまい……」

こぼれるように僕の口から言葉が出ていた。

「ひゃー、これはまた癖になる味ですね！」

テオも驚いたように声を上げた。

お菓子と言えば子供が好きなイメージだが、これはまさしく大人のお菓子といって差し支えないだろう。

たっぷりのウィスキーが染みこんだ甘いケーキ。

どこで学んだ知識なのか、はたまた独自で思いついたものか。

はじめは煩わしさしかなかった令嬢の存在は、僕の中で大きくなりつつある。

利用しているつもりが、さて……。

自分では調整できない何かが勝手に動き出しそうな気がして、僕は残ったブランデーケーキをひと口で頬張ることで頭の隅に追いやった。

つづく

あとがき

はじめまして、甘沢林檎と申します。

『転生令嬢は小食王子のお食事係』をお手にとってくださりありがとうございます。

このお話は、前世の記憶がある食いしん坊な貴族令嬢が、安泰な結婚を目指しつつ、自分の食欲を満たすため存分に料理ができる環境を手に入れようと奮闘する物語です。

主人公の欲の深さがうかがえますね（笑）

食欲に走りすぎて、王子が全然出てこないこともご愛嬌。恋より愛より食欲です。

おいしいものは大事！

そんな甘沢も食べることが大好きです。今の季節ですと夏野菜がたくさん出回りはじめているので、料理も楽しいです。

……カロリーは、うん。考えたくないです……。

そんな感じで食いしん坊令嬢と胃袋掴まれた王子の物語です。アイリーンが前世で食べた料理の味が忘れられないように、きっとレオナールもアイリーンの料理の味をどんどん舌に記憶させていくことでしょう。

作中の料理を想像しながら（もしくは食べながらでもいいです！）ふたりの物語を楽しんでいただけたら嬉しく思います。

最後に謝辞を。

まずこの本のイラストを担当してくださった麻先みち先生。明るいけどどこかぽやんとしている食いしん坊なアイリーンと、抗いつつも胃袋を掴まれてしまうレオナールを素敵に描いてくださってありがとうございました。

そして、担当のF様。料理ものを是非とお声かけくださって感謝しております。原稿の完成後、データが吹っ飛ぶという私の作家人生でも大大大ピンチなトラブルが起きたとき。原稿の書き直しに付き合ってくださり本当にありがとうございました。あのときは夢かな……？　と思いましたが、現実に涙してどうにか乗り切れたのはF様のおかげです。ありがとうございます。

また、この本に携わってくださったすべての関係者の方々。

そして、何よりこの本を手に取っていただいた皆様。作家としては感想などいただけるととても嬉しいですが、読んだ方の人生に一滴でも楽しさの潤いが与えられるのであれば嬉しく思います。そんな皆様に最大限の感謝を込めて。

甘沢林檎《あまさわりんご》

甘沢林檎先生への
ファンレターのあて先

〒104-0031
東京都中央区京橋 1-3-1
八重洲口大栄ビル 7 F
スターツ出版株式会社　書籍編集部　気付

甘沢林檎先生

本書へのご意見をお聞かせください

お買い上げいただき、ありがとうございます。
今後の編集の参考にさせていただきますので、
アンケートにお答えいただければ幸いです。

下記 URL または QR コードから
アンケートページへお入りください。
https://www.berrys-cafe.jp/static/etc/bb

転生令嬢は小食王子のお食事係

2019年8月10日　初版第1刷発行

著　者　甘沢林檎

発行人　松島 滋

デザイン　hive & co.,ltd.

校　正　株式会社　文字工房燦光

編　集　福島史子

発行所　スターツ出版株式会社
〒104-0031
東京都中央区京橋1-3-1　八重洲口大栄ビル7F
TEL　出版マーケティンググループ　03-6202-0386
(ご注文等に関するお問い合わせ)
URL　https://starts-pub.jp/

印刷所　大日本印刷株式会社

Printed in Japan

ISBN 978-4-8137-0718-9　C0193

ベリーズ文庫 2019年8月発売

『恋の餌食　俺様社長に捕獲されました』　紅《くれない》カオル・著

空間デザイン会社で働くカタブツOL・梓は、お見合いから逃げまわっている社長の一樹と偶然鉢合わせる。「今すぐ、俺の婚約者になってくれ」と言って、有無を言わさず梓を巻き込み、フィアンセとして周囲に宣言。その場限りのウソかと思いきや、俺様な一樹は梓を片時も離さず、溺愛してきて…!?

ISBN 978-4-8137-0730-1／定価：本体640円＋税

『堅物社長にグイグイ迫られてます』　鈴《すず》ゆりこ・著

設計事務所で働く雛子は、同棲中の彼の浮気現場に遭遇。家を飛び出し途方に暮れていたところを事務所の所長・御子柴に拾われ同居することに。イケメンだが仕事には鬼のように厳しい彼が、家で見せる優しさに惹かれる雛子。ある日彼の父が経営する会社のパーティーに、恋人として参加するよう頼まれ…。

ISBN 978-4-8137-0731-8／定価：本体640円＋税

『身ごもり政略結婚』　佐倉伊織《さくらいおり》・著

閉店寸前の和菓子屋の娘・結衣は、お店のために大手製菓店の御曹司・須藤と政略結婚することに。結婚の条件はただ一つ"跡取りを産む"こと。そこに愛はないと思っていたのに、結衣の懐妊が判明すると、須藤の態度が豹変!?　過保護なまでに甘やかされ、お腹の赤ちゃんも、結衣も丸ごと愛されてしまい…。

ISBN 978-4-8137-0732-5／定価：本体640円＋税

『旦那様の独占欲に火をつけてしまいました』　田崎《たさき》くるみ・著

婚活に連敗し落ち込んでいたOL・芽衣は、上司の門脇から「俺と結婚する?」とまさかの契約結婚を持ちかけられる。門脇は親に無理やりお見合いを勧められ、断り文句が必要だったのだ。やむなく同意した芽衣だが、始まったのはまさかの溺愛猛攻!?　あの手この手で迫られ、次第に本気で惹かれていき…!?

ISBN 978-4-8137-0733-2／定価：本体650円＋税

『偽装夫婦　御曹司のかりそめ妻への独占欲が止まらない』　高田《たかだ》ちさき・著

元カレの裏切りによって、仕事も家もなくした那夕子。ひょんなことから大手製薬会社のイケメン御曹司・尊に夫婦のふりをするよう頼まれ、いきなり新婚生活がスタート！「心から君が欲しい」――かりそめの夫婦のはずなのに、独占欲も露わに朝から晩まで溺愛され、那夕子は身も心も奪われていって――!?

ISBN 978-4-8137-0734-9／定価：本体630円＋税

タイトル、価格等は変更になることがございますのでご了承ください。

ベリーズ文庫 2019年8月発売

『次期国王は独占欲を我慢できない』 雪夏《きよか》ミエル・著

田舎育ちの貴族の娘アリスは、皆が憧れる王宮女官に合格。城でピンチに陥るたびに、偶然出会った密偵の青年に助けられる。そしてある日、美麗な王子ラウルとして現れたのは…密偵の彼!? しかも「君は俺の大切な人」とまさかの溺愛宣言! 素顔を明かして愛を伝える彼に、アリスは戸惑うも抗えず…!?

ISBN 978-4-8137-0735-6／定価：本体650円＋税

『自称・悪役令嬢の華麗なる王宮物語－仁義なき婚約破棄が目標です－』 藍里《あいさと》まめ・著

内気な王女・セシリアは、適齢期になり父王から隣国の王太子との縁談を聞かされる。騎士団長に恋心を寄せているセシリアは、この結婚を破棄するためとある策略を練る。それは、立派な悪役令嬢になること! 人に迷惑をかけて、淑女失格の烙印をもらうため、あの手この手でとんでもない悪戯を試みるが…!?

ISBN 978-4-8137-0736-3／定価：本体620円＋税

『異世界で、なんちゃって王宮ナースになりました。王子がピンチで結婚式はお預けです!?』 涙鳴《るいな》・著

異世界にトリップして、王宮ナースとして活躍する若菜は、王太子のシェイドと結婚する日を心待ちにしている。医療技術の進んでいないこの世界で、出産を目の当たりにした若菜は、助産婦を育成することに尽力。そんな折、シェイドが襲われて記憶を失くしてしまう。若菜は必死の看病をするけれど…。

ISBN 978-4-8137-0737-0／定価：本体640円＋税

『転生令嬢は小食王子のお食事係』 甘沢林檎《あまさわりんご》・著

アイリーンは料理が得意な日本の女の子だった記憶を持つ王妃の侍女。料理が好きなアイリーンは、王妃宮の料理人と仲良くなりこっそりとお菓子を作ったりしてすごしていたが、ある日それが王妃にバレてしまう。クビを覚悟するも、お料理スキルを見込まれ、王太子の侍女に任命されてしまい!?

ISBN 978-4-8137-0718-9／定価：本体620円＋税

ベリーズ文庫 2019年9月発売予定

『月夜見の王女と偽りの騎士』　和泉《いずみ》あや・著

Now Printing

予知能力を持つ、王室専属医の助手・メアリ。クールで容姿端麗な近衛騎士・ユリウスの思わせぶりな態度に、翻弄される日々。ある日、メアリが行方不明の王女と判明し、お付きの騎士に任命されたのは、なんとユリウスだった。それ以来増すユリウスの独占欲。とろけるキスでメアリの理性は陥落寸前で…!?

ISBN 978-4-8137-0754-7／予価600円+税

『仕立屋王子と魔法のクローゼット』　栗栖《くりす》ひよ子《こ》・著

Now Printing

恋も仕事もイマイチなアパレル店員の恵都はある日、異世界にトリップ！　長男アッシュに助けてもらったのが縁で、美形三兄弟経営の仕立屋で働くことに。豊かなファッション知識で客の心を掴み、仕事へ情熱を燃やす一方、アッシュの優しさに惹かれていく。そこへ「彼女を側室に」と望む王子が現れ…。

ISBN 978-4-8137-0755-4／予価600円+税

『転生王女のまったりのんびり!?異世界レシピ2』　雨宮《あまみや》れん・著

Now Printing

料理人を目指す咲綾は、目覚めると金髪碧眼の美少女・ヴィオラ姫に転生していた！　ヴィオラの作る日本の料理は異世界の人々の心を掴み、帝国の皇太子・リヒャルトの妹分としてのんびり暮らすことに。そんなある日、日本によく似た"ミナホ国"との国交を回復することになり…!?　人気シリーズ待望の2巻！

ISBN 978-4-8137-0756-1／予価600円+税